阳江诗志

张牛
陈计会
主编

SPM
南方传媒
花城出版社

图书在版编目（CIP）数据

　　阳江诗志 / 张牛，陈计会主编. -- 广州 ： 花城出
版社，2024. 11. -- ISBN 978-7-5749-0295-4

　　Ⅰ．I227

　　中国国家版本馆CIP数据核字第2024S0R213号

出 版 人：张　懿
责任编辑：李珊珊
责任校对：李道学
技术编辑：林佳莹
封面设计：李　玉

书　　　名　阳江诗志
　　　　　　YANGJIANG SHIZHI
出版发行　花城出版社
　　　　　　（广州市环市东路水荫路 11 号）
经　　销　全国新华书店
印　　刷　广州市岭美文化科技有限公司
　　　　　　（广州市荔湾区花地大道南海南工商贸易区 A 幢）
开　　本　787 毫米 ×1092 毫米　16 开
印　　张　14.5　1 插页
字　　数　150,000 字
版　　次　2024 年 11 月第 1 版　2024 年 11 月第 1 次印刷
定　　价　68.00 元

如发现印装质量问题，请直接与印刷厂联系调换。
购书热线：020-37604658　37602954
花城出版社网站：http ：//www.fcph.com.cn

《阳江诗志》序

林贤治

多年来，每年都会收到一些从各地寄来的诗刊，使我得以熟识《诗刊》的围墙之外的许多年轻的面孔，听到他们或押韵或不押韵的声音。后来，刊物少了起来，打听之下，才知道陆续停办了。我编过刊物，深知此中的艰难，何况在民间，获准出版发行且不说，仅筹措资金一项，便足够逼退天真烂漫的小诗人了。但有一种诗刊，近二十年从未间断，每期准时到手的，就是《蓝鲨》。

在我的家乡阳江市，有十来个写诗的青年凑到一起，成立一个小小的诗社，出版《蓝鲨》诗刊，算是有了自己的园地。《蓝鲨》长开本，质朴、大方，却也不失雅致。随着岁月的推移，诗刊日渐变厚，不少外省的诗人也参加进来了。刊名很好。蓝鲨，作为大海的族类，野性难驯，始终向往运动和无限。

诗社发展起来以后，陆续编书出版。我曾收到几种多人合集，日前又收到新编的一种：《阳江诗志》。故园的风物，青春的歌咏，教我非常喜欢。

以诗的形式编写地方志，就我所见，在全国恐怕还是第一部。地方志记载地方的历史、地理、民俗、文化、生产和生活等，它是记录性、实证性的，巨细无遗。"诗志"则取人文的部分加以扩大，它是阐释性的，诗性的，审美的，多出一层情感色彩。故土的一切，只要插上诗的翅膀，就会飞越固有的疆域，魔幻般获得更大的空间。

叙说阳江本土，对诗人来说，无须乎依赖典籍和传说。他们生于斯长于斯，完全可以从生活出发，从个人的生命体验出发进行书写。许多诗人直接歌唱出生地，那里的田野、村舍、牲畜，种植的各种作物。陈计会的《报平村》，写城镇化带给农村的变动是典型的。推土机倾泻如血的红泥，覆盖大片水稻，"遗留下/一望无际的风，以及/疯长的野草；没有牛哞的春天"，全篇充满痛感。作为现场的目击者，诗人袖手，沉默，有笔瑟缩在衣袋里，嗫嚅如听鼠嚼。他无力制止，自责为"同谋"，表现出少有的批判的勇气。黄远清写海边修建的火力发电厂，"把煤换成光明"，却不得不以污染海水和空气，毁灭鱼类和红树林，甚至直接付出居民的健康为代价。生态环境的保护，是伴随几十年现代化、城市化进程产生的，普遍存在的严重问题。对此，诗人同样显得很无奈，最后写道：

母亲靠在岸边发呆
好多年以前，海蜇和鱼虾
常在她脚下亲昵

如今，她的心事啊

结句很好，余波未了。林枢写阳西地区的盐田，瓷片厂的旧址，还有青洲岛的破船、礁石、渔火．'北来的候鸟'，构图空旷而凄冷，感喟岁月的'刻骨艰难'。谭夏羽和容浩同时回到少年，却是两种不同的情调：或者神秘的悦乐，或者无端的怅惘，而幼小的心灵一样有着虚缈的星芒和远方。

另一群诗人，如张牛、陈珂、王洁玲、黄昌成、颜仰建等，使用'时髦时代'的形式：旅游来描述阳江的山水，各地的胜迹。由行客的状态所决定，多着意于形象的撷撵和风景的组合，用笔近于油画的平涂，不像雕刻的深入，少了'土生子'身上的那种沉坠感。陈舸的《独白》是遒劲的，繁复的；诗句作长方形排列，严整有如沙积石累，凸出视觉形象，颇具匠心。

无论取何种视角，本土诗人的地方叙事，无不深情贯注。陈晓君称阳江为'我的小城'，陈锦红称阳春为'我的花园'，'我的'都非巧合，而是抒情主人公同为恋乡情结的羁系所致。

'南海Ⅰ号'在全国是有名的。巨大的船体出土之后，让时间和辉煌停泊在博物馆里。诗集中有两位诗人写到它，面朝瓷器的方阵侧身而过，陈舸神往于打捞本身，在动荡的水波和沙粒中发现'回'字形物体，颇有点形而上的味道；冯珺洁则在沉落海底的词语中，读到人间的创伤和寂寞，而对久远的无名的水手起了深深的缅怀。

在伟大的废墟对面，诗人寻找另一些旧址。陈世迪的《水埗街》，黄赤影的《七贤书院》 同时注目于一种文化精神的失落。水埗街内的孝则图书馆已成危房，红砖封门，木窗破败，墙壁为爬山虎、野芋、蕨草所包围，恍如陷入幽谷。七贤书院深锁大门，"阳光暗哑，任性青苔拾级而上/长至瓦楞"，一样是绿色的荒芜。不同的是，黄赤影对未来有所期待，所以写"庭院如今容颜不再/却气度非凡"。诗中特别写到庭内的古梅，被台风连根拔起，依然葳蕤生长，为等灵魂开花。陈世迪站在黄昏中，独对阁楼的深寂，却觉得"没有什么能抚慰/颓败的事物——叙述，或者赋形/恰恰是我路过虚空的法则"。他自语道："我的目光能凭空创造什么，/捏起双拳，更深的空无还在掌心。"

大约诗人是喜欢怀旧的，伤逝的。其实，追忆是人类的一种习性，可以说是基本人性之一。所以地方志有一个重要的部分留给民俗，旨在记录世代的文化智慧，使优秀的传统得以承传。书中，于是出现古村落，老井，石磨，笠帽，土制染料；出现"细嚼慢咽的乡音"，山歌，哭嫁；出现奔跑的稻穗，海味的网，土特产，"风雨、烟火和烈火的名字"；出现风筝，龙舟，舞狮人……阳江的风筝节是盛大的。而诗人的梦想，无论如何斑斓，"上升，接近太阳和飞鸟"（王洁玲《风筝》），依然牵挂故土，飘荡中载着乡愁。端阳节赛龙舟热闹非凡，"鼓声，五月的雷霆/江面燃烧纯白的焰火"（冯瑞洁《扒龙船》）；"那群抱着河流舞蹈的人民/在五月的潮音中/穿越一河亘古的传说"（田夫《五月的黄什河》）。诗人在发扬踔厉中，听得见鼓声以外的另一种音乐：飞鸟、庄稼，葱茏的草木、风和河水互致的回声。

安土重迁，慎终追远，是农耕社会的一个传统。诗志中，诗人以个人经验注释这个传统。林改兰的《老屋》，全诗很短，而心事绵长：

窄小的四方窗口闯进一柱光

往事纷纷扬扬无法落定

更大的黑暗被门闩锁住

莫可名状的心事

青砖色泽依然鲜艳

执着的固守

触摸雕花

百年的忧伤从指尖飘落

曾静默地以美丽的姿态守候

终有人叩响门扉

门闩已坏

屋内早已沧海桑田

卢晓莲也写老屋，写的是其中的两把椅子。诗人回忆说，十多年前，母亲坐着一把，手抚着另一把等候归人。最后说：

现在，我越来越少回去了

似乎回去，只为到老屋

坐坐那把等了太久，也不见

爸爸回来坐的空椅子，再摸摸

另一把，也空下来的椅子

人去楼空，物是人非。诗句简朴自然，不胜今昔之感。书中收入项劲的三首诗，都是怀念父母的。其中《日记一则》，以喜剧的形式出之，艺术上很有特点。诗的开头点明时间"三年以后"，接着大事铺张地写他如何张罗一顿晚餐，至最后一节，顿时出现戏剧性转折：

> 哦，姐姐来电话了——
> 她叮嘱我别忘了上香
> 她说在中山陪着闺蜜
> 吃着那边的美食不能赶回
> 千万记得帮她也帮大哥多上一炷香
> 好啦我说知道啦
> 我在做饭呢我什么都知道
> 我知道他们为什么都没有回来
> 我知道你的喜好，知道你的口味
> 知道你在一次幸福的家宴上
> 会为每个人都准备点什么
> 我只是不明白
> 你当初怎会选择在这一天出走远行
> 是要我永远记住一个日子呢
> 还是坚信，你从未离去
>
> 晚安，妈妈
> 节日快乐！

　　生活着是美好的。诗人的追怀回到日常中来，诗句口语化，快节奏，满溢着天伦的乐趣。

　　生活是一个大题目，在另一些诗人那里，却是别一番况味。陈锦红感叹说："一个人活在世上/要活出自己的形状有多难"（《一个人活在世上》）罗德任写道："节奏慌乱一团/生活总是错位站在一起""没有水/我是生活里的鱼/被日子翻来覆去"（《日子》）真诚的诗人不会讳言其中的艰难。容浩写乡村的劳作，逃离的青年，"一切都在变快，很多事情/路人不知，青年知。/小城将成故乡，/一个人的故乡，慢慢地成为秘密"。冯瑞洁写的小渔村，"年轻人一个个离去，追逐/城市里虚拟的浪潮/像受蛊惑的鱼族/更大的眩晕铺天盖地"。跟随诗人进入城镇，却见阿蚁笔下的岭东之夜是芜乱的；冯利写的南门街门南，灿烂阳光暗哑，清澈的护城河变黑发臭，唯见霓虹灯谄媚般的光耀；河面上，"长满了地摊和小商棚/守业的男女/装着猫头鹰的巨眼/窥伺一切行人的鼠影"。陈世迪说马南湾路有一条"下岗街"，那些衣服摊子的女人是寂寞的，周遭是清冷的，诗人观察中的春夜是不完整的。

陈晓君写酒馆：朋友相聚痛饮，凝望雾中旧事，梦想闪烁，难遣悲怀。又《太平驿》：客子独与月光倾谈，说世间深寒，理想未竟，相慰者唯是一缕梅香。两诗的调子是失落悲怆的，收束时竟是"从容如人间草木""灵魂洁净如初"。

没有宏大叙事，百姓的生活是日常生活，陈世迪有诗即取名《伟大的日常》。诗人仍然以观察者的身份出现，从阳台柔弱而强韧的蕨草，写到街道两旁舒展的紫荆花树，写到络绎经过的各式各样的车辆，是一条展开的生活之链。他制造了一场暴雨和一片晴天，最后交出一个明亮的句子是："天空正在打开古老的蔚蓝。"生活中，"一种力接着一种力"，这正是"史书的节奏"。"天空之蔚蓝"不断打开再打开，唯因新生而"古老"，而永恒。

阳江居民分两部分，一为本地住民，一为迁移住民。此地临海，开发较迟，其实是一块年轻的地域。阳江人勤劳，坚忍，忠守于土地和命运。田夫对母亲的生存哲学概括为一句口头禅："一条虫有一张叶泊！"谭夏阳写到他祖父栽种的一种药草植物，名落地生根，喻为"滥生的不死鸟"，不择地而生。这是另一种哲学。作为移民，祖父的遗愿是，"你们的家不在这里/而在城市，在天涯，去吧/到那儿去落地生根，开枝散叶"。随着二十世纪八十年代经济改革的浪潮，新的观念纷至沓来，传统的东西迅速崩解，从此人们有了更多一点的选择命运的机会。黄远清有一首诗，题为《大沟华洞海边》，反映了这种时代的变化。

这是一首寓言诗，写一群黄牛来海边听涛。其中有三种角色：一是"老黄牛"，因搁置的旧船而记得过往的历史，面对开放的海面，所以"目光忧虑"。"随行的黄牛"是另一种角色，默然跟从长者，"低头/继续穿行在砾石之上"。显然，这是喻指走老路的传统群众。诗人着重刻画的角色是新生代"一只小黄牛"。"它似乎并不想/尾随父辈们的脚印，它在沙滩/硌下了一条属于自己的路/尽可能地靠近潮湿的沙子"。有意思的是，当"我"上前要和它同行时，却遭到它的拒绝，迅速地逃回到集体之中。诗人的解释是："对比一个/陌生者的闯入，它宁愿选择相信/海浪、旧灯塔、渔民和父亲"。历史不是轻易可以改变的，有时"进一步退两步"，而命运的抉择也绝非一朝一夕可以完成。传统与变革的冲突是长期的，反复的，充满巨大的张力。

漠阳江是阳江人的母亲河，养育了两岸的儿女，美丽的园田，阅尽千百年沧桑故事。陈计会为漠阳江写传，把历史和现实、自然与人文、劫难与反抗，梦想与命运编织到一起，意象密集，看得见清晰的脉络，不同的人物、故事和场景。《漠阳江传》摹仿史诗风格，讲究气派，倾于宏大，但不乏细节且富于节奏变化。诗是写实的，难得的是没有那种常见的矫作的尾巴。"以水为镜/你说江山如画，我说风景暗哑/翻动书页"，多次出现那只翻阅县志的手。"沧浪之水清兮，可以濯吾缨；沧浪之水浊兮，可以濯吾足"。诗人探身于漠阳江，触摸时间的根部，在沧浪之水中寻找真实，寻找良知。

"大江流日夜"，浩浩荡荡，奔流入海；转弯处尤为湍急，每见惊涛。毕竟，现时代已经开启。借用马克思的话来形容："一切坚固的都烟消云散了。"这是一个变革的时代，转型的时代，有破坏，有建设，世界日日在改变，或行将改变。鲁迅这样说过："中国社会没有改变，所以没有怀旧的哀词，也没有崭新的进行曲。"而在《阳江诗志》中，却同时有着"对新的讴歌"，和"对旧的挽歌"，正好为大时代的来临做了印证。

2023年10月28日

目 录

陈 舸

1971年生，广东阳江人，由广东人民出
版社出版《林中路》诗集。

参观渔业博物馆

现代设计的穹顶呼应波浪
小广场，已被各色摊贩占据
两排涩绿、俊俏的黄皮树
在细雨里静候，白花锥簇

惹眼的，是一具幼鳁鲸骨架
完整得像拼凑，深渊的巨兽
硕大的头盖，桨叶般的脊椎
丝扣密缝，哦，恐怖的结构

"1980年，搁浅于东平海滩"
什么力量，驱动意外的死亡？
赤裸裸，有些冷酷，造物精巧
剔净了血肉，似鲠于虚无的刺

狭长的玻璃柜子，规整陈列
鹦鹉螺，月光贝，荆棘螺，等等
命名依赖相似性，谁模仿了谁？

软体迂回曲折，努力释放绚丽

坚硬纹理精湛，应该赞叹——
正如悲剧的外壳，繁复，而且
庄重。仿佛倦于航行的抽象
帆船模型蒙尘剥落，摆设空荡中央

渔网，笠帽，木梭，锈蚀灯
作为海洋生活的遗扬，或者标本
在展览的逻辑里，这些碎屑、破烂
都是装饰艺术，补充地方历史

因此，疍家渔民，如生的泥塑
涂着鲜艳油彩，摆着喜庆姿势
在僵硬的寂静里，挽留着流逝
在斗争的魂魄里，浪涛如碑石耸起

独 石

作为一座塔，它无法"独占文明"
虽然独善其身，并铭刻三尺大字
历经两百年的风波，还隐隐可见
即使耸峙在，骤然开阔的出海口
寄托浩渺的古今事，委婉地矗立
灰茫茫水面，凸起的，整块蛮石
"塔石融为一体，名曰独石塔
截面为圆形，塔体呈锥尖，宛如
笔锋。石灰沙三合土构筑。底径
5米，高11米。独石塔，既为
风水塔，又是往来船舶的航标塔"
在地方志和不可移动文物名录里
从不同的方位、分割杂沓的情势
人们都可以瞧见它，有时仅仅是
一个尖尖，发黑的斑点，在淡蓝
透明的大气中，好像沉睡的标记
被凝视唤醒，环境，又被它紧盯
久摁的静止，是严峻的客观回应

仿佛岁月只从嘉庆年的石头算起
世间的嬗变，抵押着建筑的耐心
有限的高度，形成航运线的指引
添加心灵渴望贸易的，细枝末节
装载丝绸和忧虑，瓷器压稳的船
激起轻快侧弦浪，水手们的目光
被这无层次的光身塔所系，粗鲁
赤裸的形象，突然，涌起了安慰
从遥远的不列颠，从崛起的广州
从所有生意，波及的，辽阔海域
到这里需要一个可以测度的转折
松软的褶皱，雄伟疲惫道路暂停
青烟般的陆地，如梦如幻地铺展
凶猛的荒凉，披挂着虎豹的斑斓
但细浪呢喃着，沙积石累，一柱
擎天！——人是多么可怕的力量
在人的虚构里诞生了港口、村庄
在人的疯狂里，城市奇迹般隆起
塔注定是孤独的，无论伫立山巅
平原、江岸，或者，熙攘的闹市
即使脱离了器官，拼命缩小自己
屈从于地理，搁置在堆垒峭石上
它仍然负担着，历史诡谲的技艺
任风雨撼击，但不在潮流中没顶

它的盘踞之地，似经过精密运算
哪怕在无意中，蕴含玄学的神秘
被某些敬畏放大，被霞光装扮成
不容置疑的，难以理解的镇海神
（四周浅滩外，正深入发展养殖）
它的裂缝里，还是长出了酸枣树——
花勒、仙人掌，层层包裹了基石。
我们注目、谈论这座塔，好像我们已经长久地忽略了它。
我们划着小艇，或者涉过泥涂，貌似野蛮人，接近了它。

沉 箱

"海面让巨大的沉井

变得小巧。"此刻，重型机械

陷入了橘红色，钢结构的

狂想：它将罩住船形时间

交换城市的瓷器和鎏金，

改变制陶术、贸易志和交通史。

在晃荡不止、丝绸般的海水上——

它让自己轻盈如

玻璃蒸馏器（有时它倦于金属的

僵硬，渴望女性的弧线，波浪

正好吻合这假想的轮廓）

以鳞翅目昆虫的虹吸管

从海底萃取出，让人惊骇的形象。

吊船伸出臂架：大铁钩，限制它的深度

——水平面以下二十米——

啊，这空荡荡的悬挂，缆绳的紧张

和油腻：有如肉铺里勾吊的

暗红色猪肉。

它讨厌这无根的、死物的感觉。

忍耐，植物的缓慢——
它开始浸入海里，
品尝咸涩、冰凉的液体。
铁锰元素恢复了沉积层的记忆，
一阵无法抑制的颤栗。
水面凹陷下去，空隙很快又被填满
细浪正在赶来，像白鸽啄食阳光。
海水以自身的运动，改变它
不可变的形体：为什么它不是
螺旋飞行器，或者一个橘子？难道千年前
那次下沉，已铸造了它的方形：经过无数遍
敲打、切割，烧焊。
钢蓝的太空里，像水母飘浮，
眼球般转动的卫星，用定位系统
调匀它的节奏。那暗涌的深水……
它的身躯会摇摆，因为四窜的鱼群
彩色的韵律？
（最好是饿得发晕的虎鲨）

静压来自四面八方。它有含沙的
辛酸，和空心的周旋。
你透过荡漾的，清澈、变色的水波，

可以看见那"回"字形物体

融进史前的黑暗。

*南宋沉船"南海Ⅰ号"于2007年12月22日于广东阳江海域以沉井整

体打捞出水。

陈计会

1971年生，广东阳江人，中国作家协会会员。已出版《陈计会诗选》《虚妄的证词》《此时此地》等6本诗集，主编诗集10种，作品散见《人民文学》《诗刊》《十月》《北京文学》《草堂》《星星》《诗歌月刊》《作品》《文学报》《诗选刊》等逾百种报刊，入选《新中国60年文学大系》《中国散文诗一百年》等180多种选本，获广东有为文学奖、全国散文诗金奖、中国公安诗歌奖等奖项。

根，或独白
——给海陵岛

岛：一个古老话题。当它被海推入——

孤独、漂泊、无依的境地

它挣扎着，弓起丘陵起伏的背脊

你看到，海天之间，一只裸露的螺壳

它的口吻，紧紧依附大海的母腹

眼睛，贪婪地盯住大陆的苍郁

正如传说——海中有鱼，形如鹿，每五月五日夜

悉登岸，化为鹿——但它却无法挣脱

海的束缚：营养、保护、操纵

渴望，一根藤蔓，不经意长出

——十里长堤。在地图上那么纤细

而它系着一辆辆满载石头的手推车

在汗水里打滑，在意志里爬坡

让海在左边喘息，在右边低头

（书记诗云：一道长堤接翠微）

我却看到，它与一个沉落水底的朝代

联结：那场台风，从北到南

阳　江　诗　志

蒙古人甩响马鞭——

画了一个圆圈：宋太傅在旋涡里

或许还来不及挣扎，便已沉睡

——海，容不得你讨论，它的权杖

从此，一爿荒冢，成为凭吊的符号

海在远处，擦拭刀剑，闪闪

然而，仿佛一夜间，潮汐撤退的滩涂

弹跳鱼迅速聚焦游客的目光

不!是弄潮儿，弄来一副堂皇的鲎壳：开发区

同时，将远处的城市搬来——

征地、打桩、宾馆、烂尾楼，一堆术语

一下子难以消化、分解，梦的后遗症

黄金、欢笑、咸鱼、避孕套、古沉船

……在沙滩上铺展辽阔的想象

——海在不远处，兀自咆哮着

从鲎脚藤吹响的喇叭花，到与

鸥鸟一起划行的帆板——

你发现网箱和风车，不断扩张领域

大厦的影子，与海浪形成夹角

城市驱动轮子，以洪荒之力——

企图占领更多的风景

岛，在自身的欲望里膨胀或沉沦

（莫非它遗忘了古老的教诲？）

——海在不远处，兀自咆哮着

当我的目光从大海尽头返回

带着潮湿、咸腥，搁浅船木的气味

侵蚀着历史、岛、航向

我无法控制住自己的内心——

它的驿动，与不安。

报平村（三首）

三年前，家乡一望临盆的水稻，被推土机以推进城镇化进程为由，轻易地覆盖了。三年后，我见旷野里长满了荒草。

——题记

水稻

人声鼎沸。推土机虎步
横过，重浊的低吼，反衬。
钢板的寒凉，临摹着周围
人的嘴脸。推斗倾泻红泥，或血液
而这一切，仿佛与人无关。

有关的是风，推搡着；有关的是
阳光；有关的是泥土；还来不及
张嘴，就那么结实地掩——
埋。让抬来的棺木，空搁。窒息的
何止是喉管？那澄黄澄黄的剧痛啊
让警戒线后的牛眼——点灯。

而这一切，仿佛与人无关。

锃亮锃亮的皮鞋。雪白的手套
交错的车辙，疾驰而去的烟。
遗留下，一望无际的风，以及
疯长的野草；没有牛哞的春天
而这一切，仿佛与人无关。

当然，更与我无关！阿门！

桥上

钢铁庞大的鲸影，驼背着
他如甲虫，却聚焦：目光、行人
壅塞的喇叭；白衫上沉重的黑体字
仿佛受伤的申诉：远处，或低处
水稻倒伏在流产的血光里。泥土
却并不是被告。无形的手
将他如风筝，擎过钢铁的傲岸
或，套在法律的绳子里
——众矢之的。他忽然脱掉衣服
如旗。失败的招展，凌空
那一刻，谩骂迎来早搏的瞬间

然后，钢铁依旧巍峨，鲸影依旧庞大
车流滚滚；山河依旧壮丽
——他唯有向壁。

见证

那是雨水洗刷不了的
野花砸进泥土，石头的血
众目所击；你袖手，沉默
同谋是一个动词。如针芒

盐渍的汗衫，不断彰显
——腥：那是火焰的出口
暴露骨头的羞耻
天平指证，重机械的阴鸷
这也称为交易：从冷兵器开始
轻易抵达头部；洞见的恐惧
默许周围的眼睛

还有你的笔，瑟缩在衣袋里
嗫嚅，听鼠嚼。三年了
——不哼一声；从此
想不起火焰的形状

没有指向的风暴雕塑

碎了的词——痛否？

嘴唇的追悼。

漠阳江传

漠阳江位于广东省西南部的阳江市，发源于阳春的云雾山脉，贯穿阳江市的阳春、阳东、江城等三个县（市、区），在阳东区北津港注入南海。流域总面积6091平方公里，河长199公里，系广东省径流系数最大的河流。

一

时序初冬，天空澄澈，蓝——
更接近中年；宜读史，漫思
消费黄花和时间的绳结
将你递来的县志翻开，就着阳光
手里的铅笔不惑。
它的圈点，趋于内心的铿锵
当然，解剖刀指出事物的病灶
然而更多的字迹漫漶不清
留下大片空白，似将人生的污点
掩饰；恍惚间，有暗流涌出
从书里到书外，从体内到体外
它萦绕着我们的前世或今生

血脉的上游是河流，繁花、落叶
梦想和忧伤……它接通大海
你在一面镜子里温习往事
我握紧铅笔，犹如一把卷刃的刀子。

二

青天下，我认得那流水，我们称她
为母亲河——漠阳江。阳光翻卷着鱼鳞
雕花木窗下，水波在她脸上凝固
曲线勾勒出昔日的潮红
记得少时，临水的凤凰树，喘吁着
一排排光腚，扑通，扑遁——
荡漾：鲜红的花瓣、青虫的挣扎
吃吃笑的浣衣少妇，她初生的婴儿
后来成了谁家的媳妇？你还记得
那一年水急风寒，超载的街渡
化龙而去——18名芡农顿成江中之鲫
永远也洇不出那片漆黑的水域
而此刻是初冬，水落石出
寂寞沙洲冷。搁浅：竹影、鹅喧、狗吠
穿行的车辆。你将过往的绳结一一解开
小舟让一根竹篙缠住

缠不住的是流水：策马飞奔——
沿着时间绘测的路径，我溯流而上。

三

点开手机百度地图，搜索：云雾大山
拨开云雾，山麓下的泉眼清晰可见
掬起一捧水，莹润甘醇，显影——
复杂的人生也有着清澈的源头；譬如
这条母亲河，它育有众多的儿女——
云霖河，西山河，那乌河，马塘河
蟠龙河，潭水河，大八河，那龙河
平中河，罂煲河，轮水河，清冲河
圭岗河，三甲河，八甲河，龙门河
……还有显微镜下才看得清的毛细血管
那榕树的虬根紧紧抓住这片土地
他们各怀梦想和劫难
穿过荆榛断崖，荒甸谷地；穿过
兵荒马乱的夜晚，秋天宽阔的额角
以及我们险峻的命运
时而嶙峋，时而舒缓的流水
搬运雾瘴阳光，流放与杀伐
并且匍匐于你的脚下，众口一词——

犹如我在诗歌中礼赞大地

他们歌颂四百里之外的南海

四

本来顺藤摸瓜，但我怎么摸

也摸不到时间的根部，只好

停下来，随便找一处山洞歇脚

哦，独石仔，你无意中发现了火光①

有人比你早一万六千年到来——

倚着夕阳，你看见她点燃柴草

火光镀亮刚卸下的虾贝和他古铜的轮廓

让这个古老的夜晚有着可辨别的温暖

他们并没有独自制造爱；独石仔

犹如村口那棵大榕树，你看见它

像看见暮色中升高的镬耳屋顶

陶罐的水吱吱作响，那缕炊烟

将你引向开阔的河滩

野花遍地，挥霍着——

早年的自由和时光的恩赐

你眩晕的笔，无法向我描述

那扑进视野的喜悦——

洪水自脚下远去，带走雷鸣和噩梦

你将收割暮晚的美丽
以及身后连绵不绝的村镇

五

跟着流水，你的俯首比昂起高贵
两岸平畴随河赋形，你没入绿浪
没入葳蕤的水稻，玉米，花生，番薯
桑葚，豌豆，高粱，甘蔗，香蕉……
没入清风明月，没入乌云闪电，没入
一朵水浮莲淡紫色的梦境
——带来阳光的热忱和远山的心跳
你敞开胸怀，拥抱万物和苍茫
我看见血液渗透大叶桉，荔枝，香樟
仁面，牛奶树，木棉，黄皮，鸭脚木
桃榔，毛竹，油桐，木麻黄，朴树
油甘子，益智，一点红，春砂仁，乌榄
地稔，桫椤，崩口碗，海朗树，杜鹃红山茶
苦楝，见血封喉，朱槿，猪血木，巴戟天
断肠草，羊角拗，黄牛树，白花鬼灯笼
……这些高大或矮小，有毒或无毒的
植物，我无法一一述说；我愿做
一朵卑微的蟛蜞菊，长在你必经的谷地

它的仰俯与流水相关，然而
琐屑的花蕊，如何道出惑愿？

六

时间握着利刃，它与河水合谋
以专制之力，修改大地的轮廓、脸庞
迎着晚风，那个挑着河滩的落日
往回走的人，她是我矮小的母亲
此刻，我仿佛听见她陡峭的喘息——
走过她母亲摇晃的花轿，簇拥着
唢呐出嫁的河堤；走过人声鼎沸
洪水吞噬暗夜的河堤；走过
纳公粮赶生猪大批斗的河堤
拨开晨霜的河面，她和我的父亲
曾用水车搅动一部刺骨的农业志
她走得那么缓慢、沉稳，仿佛一生
蹒跚的身影，源于反湿的晴算
她的影子越拉越长，我知道
时间在生长，更多的影子叠成黑夜
河水负重而流，一辈子，又一辈子
人生的短尺，如何丈量河水的长度？

七

两山排闼。江流天地外

纵使曲折迂回，纵使浪花卷刃

千百年后，水底浮起一只巨型铜鼓

囊括所有的刀枪剑戟，绝望与狂飙

史云：俚僚杂处，据居山险，不肯宾服。

"普天之下，莫非王土"——他啐了一口

搭上一根沾有见血封喉树液的箭②

指向山下，或江中的官船

我无法知道他那一刻内心的海啸

阳光下，"宾服"二字有着金属的刺

我用笔狠狠地圈住了——

却按捺不住胸口的汹涌，整个岭南

不！又何止岭南？锻造一部宾服史

我看见江水慢慢泛红……

八

"冼夫人，背长枪，双乳长"③

忽然涌出一首童谣，仿佛我曾唱过

透过瘴雾、藤蔓与急鼓

你看见河对岸的洞口一位女人

握有权力和生殖的利器

据说念动咒语可让群山奔走

硝烟四起，硝烟又在她脚下平息

她率领江水向北，向中原俯首

我不知臣服的流水如何淘洗内心的暗夜

阳光撒播，两岸平畴捧出丰稔的秋天

高凉郡城门大开，铜鼓震天

城头垂下一匹布长的颂赞

谁沉沉地按下心中的豹？

九

路入阳春境。那些嶙峋的石壁

那些桀骜的孤峰，流水压抑的倒影

仿佛历史在雕塑或命运模拟

当白纸黑字将我带回1531年——④

整座西山被火光、得得的马蹄、哭喊淹没

手起刀落，3799颗，咦，多么铿锵！

像秋风中满山滚动的松果

我不禁倒吸一口凉气，帕金森式手指

翻开县志的另一页——

阳 江 诗 志

1576年， 20万官兵如蚁⑤

刀刃的光芒映亮了松枝；围剿——

"官有万兵，我有万山，官来我去，

官去我还"——多么熟悉的战术！

我用铅笔将这股豪气圈住

然而，《国际歌》有一个缺口

洞见——豹子在铁笼子里扑腾

结局早已写好：绳子上的蚱蜢

只是想不到河水涨高一尺

松果也跟着上升十倍——

36000颗！哦，不，哪里是松果

我无法想象，红皮球滚动的姿态

——它是何等的决绝或凌乱。

只见阳春的山岭掩埋不下，撒向——

罗旁东山，新兴二十四山，恩平独鹤山

那一刻，厚厚的县志灰尘直掉

江畔的石头依然昂起，只有

流水低头，我无法感知

——它的黏稠和哽咽。

十

其实，更漆黑的夜

离你更近，只是你常常忘怀
或不忍掀开，那龇牙的流水——
1967年、1968年，挨近我出生的年代⑥
然而，却并不让人感到亲切。
因为它与绳索、高音喇叭、棍棒、令箭
捆绑在一起；与河水捆绑在一起；与
腥齿的口号和劫掠捆绑在一起
2600多人哦，他们压弯了流水
即使那些婴儿、少女、老人
也被反缚着暗夜和断崖
至今仍跋涉不出河底漆黑的淤泥
当下游的阳江城，捧出一杯热茶
吆喝——"正井水凉茶"！
无数人却陷入冰雪和无涯。
记得少时那片河滩，无人祭扫的坟茔
在清明的细雨中排成孤独
木头裸露、腐烂……消失的刺痛。
——"非正常死亡"！蒙羞的汉字
能抚平江水的沟壑么？
流水的漩涡，有着更深的内伤
攥一把河底的沙砾也攥出血来。

十一

逆流而上，那一叶帆张开

宋时的风，凶险的航道

你遇见被贬还朝的胡铨，相互一揖

他说刚登过漠阳江口的望海台

——"君恩宽逐客，万里听归来。"⑦

你见他上翘的胡子荡动着阳光，不见荫翳

微微一笑，指了指江水，他亦颔然

——人到中年，湍急若斯

你在峥嵘处跑马

我于无字处读书。

十二

十二月的河滩，野花颓败

竹影掩映的镬耳屋，拧须的古榕

在青空下拥有不谢的光阴

多少岁月，多少人物

潜为水底的沙砾，无声无息

"一水阳江才百里，有君为画我为诗"⑧

——也被卷进画轴

一条鱼，它承担了命运的全部或部分。

当你从江底摸出这部县志，递给我——

湿漉漉中我读到落红，漂萍，水底的游鱼

农药瓶，避孕套，反缚的浮尸

番鸭，水浮莲，落日，受伤的水蛇

折戟的水泥船和工厂咳出的淤血

你说，中年读史，是一剂良药

可以提神、醒脑、清心火

可以将河水从污浊中拯出

清除阴鸷；可以为伤疤留下隐喻

可以为感恩，付出蛙鸣；为溃疡

……他拿起针筒。

哦，未曾完全淤塞的喉管

可以吟哦；以水为镜

你说江山如画，我说风景喑哑

翻动书页……一个又一个旋涡

——良知逐渐呈现，非关冥想。

注：

①独石仔：古人类洞穴遗址，位于广东阳江春城东北30公里处的漠阳江边。

②见血封喉：又名箭毒木，树液有剧毒，一经接触人畜伤口，即可使中毒者窒息死亡，所以称它为"见血封喉"。

③冼夫人（512—602）：南北朝广东高凉人氏，世代为南越的首领，后嫁与高凉太守冯宝。善于结识英雄豪杰，因平叛和治理地方有功，

被尊为"圣母"。

④1531年，明朝统治者出兵63000人对阳春瑶族起义进行镇压，捣毁村寨125处，擒斩瑶军3799名，俘瑶军家属3720人。（见广东人民出版社1996年12月《阳春县志》第771页）

⑤1575年，阳春、罗旁、新兴、恩平等处瑶、僮族起义，明军出兵20万进行围剿，经4个月激战，明军破564个山寨，屠杀36000多名起义群众，俘23000人。（同上书，见第771页）

⑥1967年9月至1968年10月间，阳春县发生乱打乱杀事件，全县非正常死亡2600多人。（同上书，见第55页）由于尸体大多被推下漠阳江，致使河水腥臭无比，下游的阳江城群众不敢饮河水而饮井水，遂有酒楼挂出"正（纯正）井水凉茶"的招牌。

⑦胡铨（1102—1180）：字邦衡，号澹庵，南宋政治家、文学家、爱国名臣，因写下著名的《戊午上高宗封事》（又称《斩桧书》），而被谪广州、新州（今广东新兴）、吉阳军（今海南三亚）等地，孝宗即位后被起用。他在被起用路经阳江时，写下《登阳江望海台诗》，其中有"君恩宽逐客，万里听归来"之句。

⑧民国时期阳江著名诗人，有"南国诗人"之称的阮退之题赠阳江籍著名国画大师关山月的诗句。

陈世迪

陈世迪，1970年3月生，广东阳江人，广东省作办会员。曾在《星星》《中国诗歌》《诗选刊》等报刊，出版长篇小说《兽瞳》（大众文艺出社）、长篇小说《莫扎特的玫瑰》（作家出版社）

伟大的日常

一滴雨砸向蕨草，叶片震动一下
还未颤栗身子，又一颗雨滴急速坠下
重复同样的震颤——一种力接着
一种力，仿佛传递着生命的韧性
我一个人伫立阳台，举头观望
被房屋切割的狭长天空，接近头顶的
团状白云明亮，它的背景是海蓝
然后往东仰视是灰色，往西仰看是灰色——
雨落下，一开始是毛毛细雨
如密集光线映入眼帘，很快变得
浑圆，噼噼啪啪，噼噼啪啪
蕨草的叶片继续承受
雨点的砸击，碧绿叶身凝聚
数颗细小的水珠。再举头仰望天上
是满满的空，荒凉的灰白
硕大雨滴，轰然作响
足足持续五分钟之久——
雨停了，我反复摩挲

头顶那片天空，依然晦暗

我的脑袋，隐匿着一部百科全书式的

巨著：它该囊括这一场雨

噢，我曾经到处寻找灵感

叙述与赋形，都是艰难的

然后，漫步在新华北路，

路面湿润，空气充满雨后的新鲜

两旁紫荆树舒展，我喜欢枝叶

以拱形的弧度向上，两排心形叶片

在风中摇曳，偶尔一个紫色花朵

映在枝末，像初生婴儿试探

世界的幻影。如果枝头融入

细碎的鸟声，就更加生动？

我的脚步保持轻快，迎头看见

太阳悬在街头，冒着白光

四围的云灰蒙蒙——光开始充盈

我的双眼，从我身边经过的

小车、三轮车、电动轮椅……

直到一辆播放哀乐的灵车缓缓驰过

我想到"伟大的日常"：词语等同于

生活，总让我感觉到艰辛、饥饿和死亡

我想描摹一切，整条新华北路

随着我走动，一个感官轻灵的我

一个身心钝重的我，活在史书的节奏中——

我独自一人穿过雨后的街道

把全部的我交给一个明亮的句子：

天空正在打开古老的蔚蓝

春 夜

好久没走马南湾路，一条路活在

相似的世界：房屋、街灯、绿化、标语

孕育岑静的一切——

你的刻意观察，就能制造

奇迹的秘境？数着沿路的树木，

木棉、千层红、碎叶榕、柳树……

对着一颗陌生的树，将它当作盆架子树，

它的枝叶压迫我的身影：你并非崇拜

高大的事物，只想倾听空旷之心——

此刻我是诗剧中的人物，想起刚才读

《搏斗海浪》，"在头脑的迷宫里

被构思着，何种追逐或逃离……"

站在宋代建造的拱桥，扫视卷云纹饰的

石栏，或许曾有汤显祖的影子——

桥边一棵古榕黯黑着

冷僻的弧度，古典又算什么呢？

二月的河水传来腐臭的气味，我几乎陷入

瞬间的窒息，想起曾经清澈的流水

以及从桥上纵身跳水的少年……
探视倒映霓虹灯的水面，那么灿然
那么晦暗，像叶芝一样描绘它：
恶臭的水搏动着喑哑的灯光，
你的心为何偏向昔日的澄澈？
下岗街的女人凝视着衣服摊子，
她脸庞有浮云的清冷，一条街
所需要的人影，它不曾有过？
三两个行人的影子，怎么匹配
春夜的完整性？深蓝色穹顶
或许有召唤之声，我忍不住仰望
树梢上空。对着夜色想大喊三声，
只有拳头捏着黑暗的空虚。

旧橡胶厂

这里是陈旧的。相对外面
街市的喧嚣，是一处清幽
每踏一步，仿佛踩着空虚
抬起头望天，寻觅新鲜的
云朵，可惜是阴天，白云
零碎，偶尔扯出淡薄长条
形状。长长电线映入眼帘
像单调的五线谱静默半空
我的目光盯着一边房屋的
残瓦断壁，长在瓦片上的
植物，竟有着动听的名字：
锦蝶。此刻，它们几乎是
枯灰色的，偶尔一株向上
挺拔，探出暗红色的花朵
浑圆的石柱以孤寂的形象
顶着过道的瓦房。高高的
屋顶，密集的瓦片，整齐
安好，编织对称的人字形

横梁，看上去古朴，还有
不少木雕。在瓦片、横梁
与木雕中，寻找什么词语
才能感受凝视的美与愉悦？
这里有旧梦的荒芜：它们
被遗弃在虚空之中，随时
消逝于未来。石灰墙干涩
灰白，墙上的"计划生育
宣传栏"，一行字清晰可见
只是"育"与"宣"二字
皆蚀，没有笔画。我体会
被剥离的意志：空缺的是
看不见的荒诞。我拍了拍
我的前额：噢，溃败的事物
亦有过完整的傲慢的谬误
行走在这里，脚步慢下来
走道的风吹拂我卑微的心
背向一堵消失声音的墙时
我竟然想到时间的罪与罚

水埒街

维持一个人孤独的形象，我独自
走入水埒街。走过街口四株高大的
玉兰树，黄昏的阳光将我的影子拉长，
拐过一株饱满的榆树(碧青的叶子
几乎是透明的)
沿着小径走去，豁然间
变得开阔起来，一株枇杷树撑满绿叶，
簕杜鹃的枯藤攀满门廊青色的墙。
二层楼高的青砖阁楼，像被囚禁的影子
立在巷口，二楼廊道有褪色的

绿色木栅栏。屋顶每片瓦片完整，
泛着淡红色的微光。一面围墙里
龙眼、菠萝蜜长势喜人，爬山虎
野芋、蕨草，缀满圆楼的东面墙壁。
被红砖封闭的门，破旧的两扇木窗，
两根廊柱依旧有石头纹理，对应着
阁楼内更多晦暗的墙壁和光线。

已成危房的阁楼是孝则图书馆旧址,
它的故事磨损着一个世纪的阴影:
衰败,何止是时间的苍茫?

我凝视墙上一个门牌号:公租房——
水埒街12号侧。风从枇杷树
枝叶的空隙吹来。旁边一棵榕树穿过
一小片瓦顶,散发着
翠绿的生气,根须向下延伸,
有的缠入水泥阶梯。
此刻,环绕我的是风。在屋顶
一簇枯草在颤动。阳光照耀的
瓦檐之处,稀薄的烟弥漫。
有那么一刻,我的双眼震颤于

野芋阔大的墨绿叶子,
一张叠一张,登上瓦面——
多么野蛮的生长,几乎接近
荒芜的奇迹。阁楼的东面墙壁,
缠绕的绿,蔓延的绿,空旷的绿
编织一个幽深的山谷。
一声鸟鸣突然响起,带着
某种颤音,以及绿色的弧形。
转过头仰望,围墙上一棵小树

正丫着，梦游般的太阳。

一瞬间，我嵌入白亮的静黑：
埋首于整个黄昏以及
一座阁楼的深寂中，我不过是
对自己和时间的观照。
唯有阁楼下的木瓜树，横斜逸出的
碧绿枝叶告诉我，没有什么能抚慰
颓败的事物——叙述，或者赋形
恰恰是我路过虚空的法则。
我的目光能凭空创造什么，
捏起双拳，更深的空无还在掌心。

注：孝则图书馆，1917年创办，是民国时期广东四大私人图书馆之
一，主人叫梁庭楷（号孝则），1847年生于江城水埗街，阳江著名的
藏书家、慈善家。

秋风根

秋风根，秋风根……我喜欢这个地名。
在一首诗中，我徒步走过秋风根的夜晚。
湖水在月色中明晃，像恋人的眼眸
闪烁什么。云朵低垂，越堆越厚。
我心空荡，无须曲解群山的凌空与弧度。

如果可以营造一个梦，我将停驻
一个词：清澈。噢，梦是自我观察？
一个湖在寻找一滴水，我在经过
更好的自己？我，是否抵达
山与湖的幽微？此刻我是清澈的。

我用月色追逐有趣的想法：在湖水
中央，塞壬的沉默匍匐，幽亮的水波，
一如诱惑的歌声，我需要奥德赛的棉花么？
一只鸟突然划过芦苇，带来一声
清脆的回响。我期望众多的鸟掠过。

风带来整个山野的言辞。此刻我的观感
变得明亮：一堆篝火，燎得熊熊，足以高蹈
一坡月色。我想起火的谜语：人举双手。
月亮越来越圆，我陶醉的脸色，几乎嵌入
火焰的形状，以及朋友们的眼神……

故乡给予人更多的仪式，远方而返的兄弟
读懂今夜的夜色：强悍的人，也有
细嚼慢咽的乡音。两鬓斑白的人，涌动
轰烈的酒气——他有着足够的焰心，往上一跳，
或者拥火自明，或者漫天烟火。

从黄昏到天亮，一个人，一众兄弟
是火焰和酒的语言。把眼睛睁亮时，
就能听见大地的善：山峰的剪影
移来山谷，幻成更大的风与响。
你凝重之处，囤积这一生的轻盈。

返乡是沉重的词？返乡的人，一如秋风
吟诵着秋风根——浪迹之子，亦有秋风的根。
返乡的兄弟哦，他的明亮与幽暗
在时间的核中圆润。我听见一首诗的

哒哒马蹄，响彻着——秋风根，秋风根……

注：秋风根，广东省阳江市阳春永宁镇那漓村附近，景色优美，湖山幽静。

黄远清

1972年2月生，阳江市诗歌学会理事。诗作主要发表于《蓝鲨》诗刊，作品入选《中西诗歌》《中国地学诗歌双年选》《星河》《盐》《蓝鲨诗选》《北部湾城市群诗选——大海的彭拜》《阳江现代诗选》《大海的神谕——阳江海洋诗选》等。

海边，相遇一座电厂

海边。一座宫殿泛着蓝光

这里住着陈旧的年轻人

他们换上新愿景，把煤换成光明

钢筋、混凝土那么固执，也臣服了

烟雾往云深处挤啊，挤啊，又跌下来

淹没在鱼眼睛和细沙的肉体里

海浪和渔船常常摸不着方向

海风握着这支墨笔恣意挥毫

红树林和海蓬子弄丢了自由

沙丁鱼、海鸥、彩虹和晚霞

也丢了。煤灰、锅炉和水蒸气

咳嗽不止，对海满怀抱怨

父亲的船特别颠簸，没日没夜

去追赶失散的亲人和邻居

母亲靠在岸边发呆

好多年以前，海蜇和鱼虾

常在她脚下亲昵

如今，她的心事啊

大沟华洞海边

一群黄牛忽然现身
它们来自哪里并不重要
对于去往何处，似乎了然于心
选择来海边听涛，汲取浪花惊骇
予时刻保持，对墨蓝危险的警惕
木麻黄树林常传来唏嘘声响
深褐色老黄牛，凝视海面良久
目光忧虑，近处两艘旧渔船
似乎和它的过往有着某种关联
随行的黄牛默不作声，低头
继续穿行在砾石之上。一只小黄牛
放缓了脚步，它似乎并不想
尾随父辈们的脚印，它在沙滩
硌下了一条属于自己的路
尽可能地靠近潮湿的沙子
留下半个趾甲深度。我上前
要和它结伴同行，被它狠狠拒绝了
它迅速逃回群体里，对比一个

　　陌生者的闯入，他宁愿选择相信

　　海浪、旧灯塔、渔民和父亲

　　注：华洞海在阳江市阳东区大沟镇华洞村前。

海朗城

听说镇海山上的细叶桉，有600多岁了
海朗城墙早已老态龙钟，桉树临风
像旧时守城战士，日夜顶天朝海
如今盔甲卸尽，袒胸赤膊，露出骨骼
坡面的黄沙又尖又瘦，尝常发出
"咔嚓"的脆响，我怀疑他们已饥饿难耐
桉叶针只能一遍遍的落，海风穿过丛林
受伤的叶子幸运地闯入了海底
我清楚命运将有无限的可能和改变，或许
他已沦为一尾发光的鱼，一丛海草
一株珊瑚，或许正在岩缝旦垒一座庙宇
喂养苔藓、长尾螺、沙蚂和渔民
谁敢在峰顶的"镇、海、山"石头上
撒野、喝酒、过夜呢，这崖石端庄浑厚
蕴藏神旨，肌体和眼神溢满光芒
众神庇护，山羊和水牛喜欢来此种草
擒海盗抗倭寇那已是比海更遥远的事
城墙日复一日爬满蕨草、千金藤、喜蛛

蜜蜂在筑巢，母亲仍在护城河外织网
渔夫爸爸佝偻着身子正向大海撒网

注：海朗城遗址在阳东区大沟镇，是阳江明朝的守御千户所城。

阿　蚁

1968年生，广东阳江人，作品散见《诗
刊》《阳江日报》等报刊。

岭东之夜

还要穿过两盏红绿灯

穿过一片齐腰深的花栏

向右转

便是作物一样的楼群

辰星闪耀的灯火

在晚风中明灭

弥漫的歌声，踯躅而行的爱情

一片凉凉的风　吹动

内心深处的叶子索索作响

我徒步在人行马路

略带微醺

像少时走过田埂

有一些歪歪斜斜的想法

这片芜乱的城市

倘有车轮辗过的隆隆

明年开春　尚待深耕

但是都记不清了
点心店、粥摊、密密麻麻的电线杆
阴暗角落的男女
以及一些正当的思想
像今晚的雾一样　弥漫
晚间十点
该亮的都亮，该关的都关

谁人都有一条门缝
窥这个漂浮的城市
风吹草低
内心的牛羊显现
比城市更高更远
就是蜃楼

从明天起，得正经地活着
娶妻，养儿育女，做结扎手术
写些莫名其妙的诗篇

才知道这个小城
剩下最后的一颗灯盏
依稀的风，和归家的路
月亮很高，街道很窄
意叔的店铺已经打烊

阳 江 诗 志

在岭东
工业大道以西
路上的行人常常走成格律
脚步比唐诗还要整齐

谁人看见这漫天的夜色
谁人就能触摸整个秋天

想象那一天
红绿灯下满街爬行的螃蟹
像鸣蝉一样销声匿迹
从此，骨髓都流淌着月光的血脉
所有的记忆都退缩到半阕民谣

那一晚，大街的那边
有人喊着你的乳名

陈晓君

陈晓君，1985年生于广东阳江，阳江市作家协会会员。作品散见于《中国诗歌》《诗选刊》《青年文摘》《读者·校园版》《南方日报》等刊物，曾入选《中国地学诗歌》《中国新诗》《广东青年作家诗歌精选》等选本。

阳江，我的小城

琥珀一样的晨光开始荡漾
我的小城，光阴如此澄澈
草木挨着草木，浪花拍着浪花

人们早起赶路。穿过薄雾
和幽深小径，追逐一颗
滚烫的太阳。像一只只麋鹿
闯入一座花园

那些憧憬、赞美
像小雏菊一样，爬满山坡
我们在冥想中，一点一点
打开内心的感激

"我的归处就是你灵魂最深的那一隅"
金盏菊举起小酒盅，盛满人间烟火

接骨木深陷于洁白的信仰之中
仿佛人间的爱，都有了归宿

雾 中

小酒馆在海滨东路。如果我喊出
它的名字：浪浪。海风就循声而来

此刻，没有什么比我们更辽阔
头顶有星空，前方有大海

你凝望雾中的事物。有梦想在闪烁
像远处的渔火，面容模糊

多少年了，我们走在雾中
怀揣孤独与悲悯

而你举起酒杯，盛下无边的夜色
旧事突然清晰起来

今夜，我们被海风吹拂
披一身露水，从容如人间草木

暮 晚

多么静谧的暮晚
已经敞开

我年迈的父母正姗姗来迟
暮色爬上他们的额头
一路风尘染白了青丝
父亲眼含柔情
比流水还清澈
母亲眉梢那朵花开得多美

多么好
这让我想到相偎相依这个词语
我不得不小心翼翼
借一片月光
形容两个苍老身影的宁静
还有温暖

太平驿

如果你也像我一样
在太平驿小憩
哒哒的马蹄声，叹息声
琅琅书声。这些落寞的
或悲怆的声音
正从一株古梅的身体里醒来

暮色中，风尘仆仆的身影
清瘦如梅枝。宽大的袖口
跃出一只惊弓之鸟
他与月光倾谈
说出世间的深寒
说出未竟的理想

柴门关不住的凉风
描述着他的惆怅
这个孤独的人衣衫单薄

阳 江 诗 志

他曾遇见瓢泼大雨
他的灵魂洁净如初
现在，他被一缕梅香安慰

陈锦红

陈锦红，1985年生，广东阳春人，诗歌散见于《蓝鲨》诗刊，部分作品被收入《阳江现代诗选（2007—2017）》《蓝鲨诗选（2007—2017）》《中国地学诗歌双年选（2013—2014）》等。

我的花园

阳春，三月
我的家乡
一个长满春天的城市
离家多年的游子在冬天傍晚归来
青葱岁月冷成连绵不断的细雨，纷纷扬扬

雪白的北方
一年有一半的日子裹在寒冷里
风一阵阵，吹过去
夏天就走远了
荫翳如冷空气过境，却延期逗留

挨过漫长阴郁的荒芜
我怀念一座花开的城市
在风里叶子和叶子对话
风，雨，雷，电，鼓瑟吹笙
拨开腐烂干枯的叶子，泥土湿润

陈锦红　我的花园

我要种一个梦中的花园

撒下各种花的种子

月季：空蒙，凯丽，蓝色阴雨，威基伍德，卡特琳娜，真

宙，金丝雀，果汁阳台，端典女王

郁金香，洋水仙，向日葵，蓝雪花，蜀葵，长寿花，风雨

兰，波斯菊，百日草，太阳花，水仙花……

晚霞染红一大片低垂的天空

我看见小小的红色花苞在枝头挺立

还未等到阳春三月

我梦中的花园

它们已经在我心中绽放

一个人活在世上

一个人活在世上
要活出自己的形状有多难
从出生到死亡
每天风来雨去，与命运和死亡交臂
经过的飞沙砾石、风霜雨雪
看过繁华瑰丽或颓败荒凉的风景
多少有点冷落唏嘘

然后，学会做一棵长在幽暗处的植物
在无人的日出和黄昏，独自生长
不要生出那些尖锐的刺芒
不要虚慕那些发光的事物
不要模仿那些摇摆的姿态
不要昂起无知卑微的头颅
不要眺望不可及的海市蜃楼
不要……

陈锦红　一个人活在世上

学会柔软、安静、等待

繁华或绽放，

然后老去，微笑

一个灵魂在午夜去往天堂
——忽然听闻喃斋

一声铜锣突然穿过黑暗

打破不期然的宁静

腊月二十九日零点四十九分

上半夜此起彼伏的烟花已偃旗息鼓

村子在夜里沉沉入睡

邻居的狗也沉默了

这个冬天的午夜

我站在窗边听雨落在黑暗中

听雨滴高高低低落在窗外的黑暗里，远远近近，大大小小，

疏疏密密

树底下，泥土里

远处夜行车辆疾驰呼啸驶过的声音

夜的骚动不安

大多数人正在熟睡，已熟睡，在夜里沉沉入睡

他们将醒来

风雨无常

打碎，阻隔

静止

禁足

一切静止

凝固

甘伟青

甘伟青，1985年9月生，广东阳春人。阳江市作家协会、阳江市诗歌学会会员，作品散见《南方日报》《阳江日报》等报刊，入选《中国地学诗歌双年选（2013—2014）》。

高速公路

寂寥的、黑色的夜
高速公路绵延远方
仅有一辆轿车向前飞驰
时光里的所有事物
极速向后生长
不留一点缝隙

公路的射灯
透过车窗
打在他们身上
闪耀的白
寂寥的黑
仿若骨肉相连的
孪生兄弟
他们的眼神模糊
到底是
光芒拥黑夜入怀
还是黑夜亲吻光芒

空气中
有些人的铠甲已经柔软
有些人的思维迸溅出火花
有些人高声谈论
有些人静默如夜

黑夜循环不已
他们企图寻找一个出口
时光里的所有事物
在极速向后生长
不留一点缝隙

何春燕

广东阳江人，1973年生，广东省作家协会会员，作品曾在《南方日报》《羊城晚报》《阳江日报》《湛江日报》《中国诗歌》《中国地学诗歌双年选》《文摘周报》《中西诗歌》《岭南诗歌年选》等报刊发表，出版《圣殿》《如影随形的月光》个人专著2部。

隐匿的海

潮声涌起。夜晚的吆喝声渐渐远去
我逃出了汹涌的人潮
那一刻，南山海湾依然隐匿
这样用跳跃的眼神眺望你，好么
季风透心凉之夜
宿醉没过了一块又一块礁石

蹑足而来。隐匿的不是这片海滩
清瘦无眠的也不是月亮
海浪萌动。海空一一接壤
内心的空灵如浪潮随起随灭
青春的漂流瓶哪儿去了
南山海湾留下了善意的忧伤

海浪相扣，隐匿的海湾无限延伸
心的涟漪测算不出海浪的广度与深度
张开双臂，骄傲的浪忘记了微笑

岁月的碎片如歌

那一夜，携着长久的缄默

我在辽阔幽深的海岸线放飞了一双翅膀

田埂上的稻穗

路过一条村庄，我蹲下来
晃动的风，有强烈的时间观念
在充满水迹的田埂上
它挥舞着悬浮的镰刀
呼呼拨动布满虫洞的稻穗
绽放得显然有点用力
没有任何声响
对于稻穗，任何的心动都自然而然

一场猝不及防的雨，在尖叫声中跳跃
穿过旷野的田埂，荡漾着它的活力
稻穗以抛物线的方式记录，被磨损的纹路
那么饱满而真实地存在
有时内心的触动仅仅一瞬，就泪流满面
跟田埂上的稻穗奔跑，我从不说谎话

稻穗总是赤着脚丫，追逐风雨
它时时回味被阳光照耀的样子

想象将四季一一紧握在手

它想跟蔚蓝的天空表述

表里如一的金黄，是根深蒂固的

想象通过一顿米饭

焊接一场盛满人间烟火的柔情

我回头眺望，从村庄烟囱飘起的烟火

必须放弃一些，才能得到另一些

稻穗啊，允许我柔软地爱

允许我再来一次深邃的叙述

允许我用内心的悲天悯人

跟这一片稻穗，共赴一次时光之约

林晓明

（1981—2023），男，广东阳春人，毕业于合肥工业大学，正高级工程师，诗作散见《阳江日报》《蓝鲨》等。

海　滩

每个海滩
总是先聚集沙子
然后才有人群和夏天
总是先看见海际线
然后才会留意到冲浪的人

滑翔者能触及的天空
在没有云的时候
蓝色沉落海洋
黑色归于人们的双眸

而礁石则潜藏在大陆边缘
要退潮很多次
它们才能露头

萧柱业

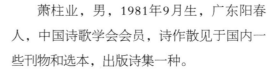

萧柱业，男，1981年9月生，广东阳春人，中国诗歌学会会员，诗作散见于国内一些刊物和选本，出版诗集一种。

海边书

当我们光着脚
在浪花边行走
这片海，正迎来漫长的一生中
最美好的时光

源源不断的扇贝、鱼儿、小海龟
和不知道名字的生物
被温顺的海水，推到我们面前
展示了海的博大与美好

我们轻轻漫步
假装是两只纯真的白鹭
我们欢快追逐
就成了两只无邪的螃蟹
我们静静站着
就是两只入定了的海螺
当我们躺下来，是否会
风化成两块礁石

是的，礁石
所有侥幸露出海面的礁石
都是伟大的爱情卫国战争的幸存者
你看，一块块沉默的礁石
那蜂窝一样的枪眼

暮色弥漫，世事苍茫
我们像两片贝壳
靠坐在一起
左边，远处有温暖的灯火
右边，远处是连绵不绝的清冷的海水
我们，在暮色中
在苍茫之中

当我们离开
贝壳继续散落在沙滩
星星依然在天上。它们
有它们的孤独

除了一些沙子
我们没有带走什么
只是，有一些带着盐味的海风
进入了我们的身体

并永久潜伏下来

潮水会很快抹去我们的足迹
但我们的影子会留下来
与这片海，不朽的夜色连为一体

春风帖

我们站在湖边
像两株年轻的芦苇
亲切交谈
没有多余的情感
连姿势也恰到好处
风来时
就诚恳地点点头

春光易虚度
多少绝望的赴死之心
已被春风一一化解
就像我们刚才看到的两滴雨水
它们落在湖上
落在美好的人间
并成为美好的一部分

王洁玲

王洁玲，1982年7月生，广东阳春人，中国诗歌学会会员，诗歌作品发表于《星星》《诗选刊》《中国诗歌》《中西诗歌》《南方日报》《散文诗》等，入选《广东青年作家诗歌精选》《岭南百年散文诗选》等。

重游八甲仙湖

峰回路转之后
与这高出人间的湖重逢
飞鸟掠过，湖面依旧
如春风般温婉

这辽阔的线条柔美的碧蓝
像母亲带笑的眼眸
而我是湖心的小舟
从未荡出她柔情的包围

沿着九曲山路，返回
我们的少年时代
江山入怀，梦想显露
湖中的小岛并不是遥不可及
湖水和执念一样幽深
足以孕育无数种可能

注：八甲仙湖在阳春市八甲镇。

在鱼王石

前年春天，我们来过这里
在江边的树林，我捡到过
一片红色秋枫叶，它仿佛
忘记了季节的变换

那时的江水很清，很绿
江中有无数小岛，像冰山仅露一角
船夫驾着突突响的铁皮船
小心翼翼地绕过江心岛
像我们的谈话，尽量绕过
一些沉重的话题

你说起多年前在长江上乘船
与这情境相似，只是眼前缺了大碗酒
那是一些没有阴霾的日子
你呆望江面，眼神掠过一丝留恋

那些年，像那些江水都已远去

阳 江 诗 志

如今在这片水域
开船的老人已不见踪影
我们无法顺流而下，靠近
那座有着美丽传说的石山

注：鱼王石在阳春市区的漠阳江边。

风筝节

秋风又起。他把思绪倾洒在天空
除了蓝，还有飘飞的斑斓
那片绿得无边的草坪
有身影奔跑于时光深处
父亲的叮咛愈加清晰

大地并不能禁锢轻盈的思想
袅袅上升，接近太阳和飞鸟
没有什么可以打乱步伐
没有什么可以阻止飞翔
他后来知道，也没有一根线
可以把谁拉回最初
走远了，就如云端的风筝
回程茫茫。秋风萧瑟
异乡的果子如乡愁般多汁

另一个小小的身影正在他身旁
仰望自己的风筝
而他在凝望一个熟悉的远方

白水瀑布

岩石以专注的神态，保持视线
悬崖上有千万匹野马
带着沉闷的呐喊，纵身一跃
如果有风，它们就变出
洁白的羽翼，在半空盘旋
却总是太快就到了潭底
打几个漩涡。销声匿迹地解散
群山默不作声，感知
血流的速度，从胸膛到四肢
仿佛山脚下遥望的老人
一年又一年，早已不习惯惊呼
如果确实要说点什么
就闭上眼睛叙述一种画面：
马匹、水潭、河……
不曾停歇的跳跃和奔流
这些触摸了无数遍的形状啊
连轰鸣声也有岩石的棱角

注：白水瀑布在阳春市八甲镇。

张　牛

广东阳江人，1963年6月出生。阳江市诗歌学会会长，阳江市作家协会副主席。广东省作家协会会员，中国自然资源作家协会诗歌委员会委员副主任。诗作散见《作品》《诗歌月刊》《北方文学》《大地文学》《中国诗歌》等报刊，出版诗集《树梢扫出的风景》等。

北津独石

横空出现，独石安营在北津港口
泥沙俱下，雄起在与风生息的小岛
追随神的旨意，传奇一个久远的守望
闯荡的船和漂洋过海的人一晃而过
执意在空阔的河海，潮汐进退有序
鱼类逐水繁衍，候鸟如期集群了意象
咸水，淡水和阳光巧合不同寻常的境遇
涂色板上遗落的蓝绿黄，深浅隐约交汇
葱郁。……浑浊。……湍急的水流日夜和鸣
花开云上，灵魂的旗帜听见幻想的光泽
放下所有，孤独早已被海风卷走
时间一点一滴……渡船渡人
犹在彼岸揭晓轮回的谜底
若有玄机，虫洞之外木已成舟

老 街

老街不大，青砖灰瓦百多户人家
铺面一溜排开，番号标识在牌匾
剪裁成形的条石，从容铺陈在街道
命运给出的馈赠，擦亮一面牌坊
遇见小院，杜鹃近在咫尺花开紫红
石凳锐利的触角皈依圆滑，褪去了青涩
时光落下的灰尘，渐深在瘦瘠的砖缝
骑墙的细叶榕，狂飙烂漫的嫩绿
在烟火的拷问里成就了飘逸的细语
雕花木窗浸润其中，斑斓在静止的光里
与时间对峙，脑筋在老街急转

在没有风时寻找风，潮湿了过往的呢喃
一个人的懵懂，撞痛了一角天空
如破发的球旋转了回来，弹跳惊人
原来渴望血肉丰满，垒高了砖头的叙述
在进入者的注目里，老街气定神闲
鲜活犹在一口古井，释义泉水的本香

古 井

古井还在，无波……整条街侧目
路过的风多瞄了一眼，放大时光的镜子
喧闹四起，很少碰见提桶打水的人了
被岩层牵扯的蛛丝，和石条码放在一起
被绳索勒出的沟壑，析出颠沛的锈迹
坠落，溅起，……凝聚风和阳光的碎片
每一滴水，都是海声丛生之中的悦色
游鱼和水草出戏，搬空了心事
年轮晃悠着悸动，交织水与光的共鸣
鲜活在一次次的影像，与时偕行
问津在一口清泉，犹如稻米绽现的告白
自然汲润无限，在相对的静默入了化境

也是鸳鸯湖

鸳鸯湖，在一堵玻璃窗前
铺设了一个外面的世界
九曲栈桥伫立着仨俩行人
和落水的几只野鸭相互对话
一泓湖水躺平，静听世事
疏朗或密集，从心念开始
棉花云在一朵朵地勾勒．洁白堆砌
散漫，涌动在一片天蓝的底色
纯粹的想象，源于水杉树原地不动
挺拔，茂盛。撑高的伞绿抢占了眼球
芦苇和水草倒也有了丰美起来的理由
仿佛时间在拖地板，"嘀嗒嘀嗒"
欲言又止，那看见已是叩心的一种风景

龙高山第一尖瀑布

所有的言语在此再次组合

我以为水可以踏实地飞翔

第一尖腰间鼎立的一堵石壁

半空中飞出一道凛冽的水

在时间面前擀成瀑布和溪河

一条蓝色的鱼匍匐在巨石上畅想

眸子开花，隐若美好的一双翅膀

周围斑点般散落茅叶和豆蔻草的清瘦

秋风中芦花曝光了瑟瑟作响的欲望

伸张潭水中浸泡的赤脚因水而灵动

鹅卵石踩滑了的圆满清透裸妆

山峰因草木而苍翠，狭窄的小径

拱卫着一道道天然闪出的神秘之门

即使终究还是转身离开在日落之前

灵魂的耳朵早已灌满了救赎的回声

意念闪出图腾的光芒
——在金山植物公园

植物驻足的园地，识读随风而入

阳光穿插的路径，串起惊喜的珠链

水杉，加勒比松，樟树……群落丛生

山茶，杜鹃，砂仁，益智……如数家珍

羞赧一笑，也是一知半解

放开，删去一些枝枝节节的纠结

阴影的部分出落成表现笔墨的色块

在山水之间，意念闪出图腾的光芒

最好的借口，在桥上凭栏

眼睛和耳朵，……谁的跳跃脱去枷锁

鱼儿在被围困的湖水，和波光游弋

精灵犹如飞鸟，在延长线上戳戳点点

瞅见蝴蝶，揸掇红绿黄色在树上构图

陨落的树叶，挣开了规则的约束

（……也许这是个陷阱）

时间的火焰，拯救不论昼夜晴雨

一些事物体无完肤，一些事物轮廓清晰

阳 江 诗 志

此时此地，石头与影子自言自语
黑白分明，并非世界唯一的记录
时光细嚼的土地，被犁耙匆忙翻开
欲动的种子，愿望在钟爱的一片葱茏

黄昌成

黄昌成，1971年11月生，广东阳江人。作品散见于《诗刊》《北京文学》《山花》等报刊，评论被《星星》《草堂》等刊物公众号推送。

东水山（二首）

竹子

怎么能够绕得开竹子呢

就像在城市里

怎么能够回避车流人群

驻足东水山，不管你怎样布局C位

竹子总能参与进去共同

开发赏心悦目，和山民一样

它们同样是热情大方的土著

你如果一定要谈论眼前竹子

的比例，永远只能服从于部分

小部分、极少部分、少之又少

东水山的竹子，事实也长着

空心，但又是充实的空心

一开始就善于通向哲学

先有山还是先有竹子

一念袭来，亿万竹叶飒飒抖动

随山风穿梭，转眼

生出岁月和神话

竖排、横排，高长而笔直的翠绿

编织在山地上，缝纫于空中

竹子挥舞着它的染料它的布匹

它的绸缎它的旗帜

东水山处处荡漾着竹子

飘扬着竹笋

和竹笋一样鲜活的

未来，无穷无尽

最终是东水山和竹子

互相注册，一并图解了走向

形状一节一节的

村庄夜行

从下午的山上下到山胸

夕阳被抛在山的另一边

春天的东水山，黄昏不算太长

在倚山的村道上漫步

不一会儿，寒意便取替了凉意

说是春天正浓肯定切合时令

又说是重新入冬也不违背现时语法

夜落下来，拿在手上的衣服又穿回身上

这一刻不需要你评价空气

汹涌的负离子已在现身说法

整个身体油然释放出感官

路边的芭蕉树影

长袖舞出了心愿

几声狗的吠叫从不远处透出

仿佛告知烟火人家在附近

转个弯，远远的一盏白亮路灯

证明了另一个村庄的方向

这时你像被什么触动了一下

不由自主地把眼睛伸向空中

满天的星星正在山顶照耀

那么明亮繁多的星星

各自点上银白的火焰，互不干涉

异常的清晰渗出星星的气味

天空在此时此地，向你

明明白白敞开了隐秘的指纹

星星越来越近了，降到了

你的头顶上闪烁

在霓虹遍布的城市

你从来没有邂逅过这样的

玄幻

黄赤影

广东阳江人，1974年生，广东省作家协
会会员，中国诗歌学会会员。作品散见《特
区文学》《散文诗》《鸭绿江》《诗选刊》
《浙江诗人》《中西诗歌》《诗词》《南方
日报》《星河》等报刊，入选《中国诗歌年
选》《中国地学诗歌双年选》《大海的神
谕》《岭南百年散文诗选》《中国散文诗年
选》等选本。

七贤书院

一把亚光铜锁，锁住百年沧桑
却锁不住那道钻入心脾的幽香
和那行为低调年已百岁的老人
他是过去的驿站，昨天的书院
因七个流放的灵魂和罕见的梅
名噪一时，书院越发葳蕤芳华

阳光喑哑，任性青苔拾级而上
长至瓦楞。庭院如今容颜不再
却气度非凡，旧模样依稀可鉴
梅与诗如陈年老酒。青砖严峻
褪色柱梁，撑起一腔忧国情怀
在此寄居的燕雀安知鸿鹄之志

如履薄冰岁月，四季彷徨悱恻
一院的抱负押上时光孤独迷茫
穿一蓑风雨书写平仄笑看星辰
蜘蛛网似的忧虑织成快诗乐府

以笔取暖之年，与梅倾诉衷情
残灯梅影与书卷测量浊世深度

世事如棋，如今旧事稀薄如烟
唯有古梅初心不改。据说此梅
古人所植，又名醉梅二十四瓣
白花。台风肆意威胁连根拔起
病毒掏空心肝，她仍然与书院
做夜的眼，为等绿的灵魂开花

织 网

网松开时间的绳索，软嗒嗒的
屋子散出海的汗味

老手和新手穿梭网眼
"叹哥卿"润滑指缝

"哥坐大船卿住小艇，
如何相伴燃烛相成？"

歌声照亮四壁，热气腾腾
烤红老实的耳根

"谁家的媳妇添花，
哪家的哥仔跟浪回家。"

天气骤变，忘形处触碰旧时的礁石
闪电间，心卷成浪的布匹

黄赤影　织　网

空气沉默不语
若在自渡

注：叹哥卿，是阳江市闸坡沿海疍民自娱自乐的一种咸水歌。

春砂仁

春砂仁：风雨、烟火和烈酒的名字
一个生于坑洼长于坑洼的物种
带着苦痛与使命共存
为等待四年后的蜕骨？

春砂成熟于夏季
钻进九曲回肠的山海
处处可见沟渠，水渗过根部
隐蔽处，暗红的脑袋团团簇拥
像村姑：质朴，羞怯。闯入这方天地
瞬间有与世隔绝的感觉
丛林的空间，闷热，散发出腐殖质味
久不残暴的蚊子闻风而来
奇痒，潜逃之余仿佛有窃笑的声音
不经体验不知劳苦
采摘的山民有神来之功吗？
很多年轻人不堪苦力，离家谋生
人工授粉成了每年山民的心患

想到一年一季的劳作

愁云锁住一望山头

目光难以穿透茫茫雾海

春砂仁的变身，必经12道工序的考验

烟熏火燎腾起的思考 接近

骨头的打磨。敬仰

干枯失水的外表裹紧生命的色彩

风干孤独的灵魂

细嚼这股辛辣的味道

精碎通透，暖肺醒脾

难眠之夜至今醒目

此刻山民的心患能否治愈

待黎明将回神的酒斟满

太阳宣布另一个名字的存在

舌尖的浓烈抵达眼睛

目光浮现山壁攀爬的身影

一条焦灼的路

颜仰建

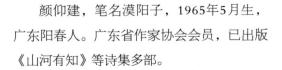

颜仰建，笔名漠阳子，1965年5月生，广东阳春人。广东省作家协会会员，已出版《山河有知》等诗集多部。

我喜欢森林公园的沉静

我喜欢森林公园的沉静，那些老树

很老很老了，他们

见过的，听过的

有阳光，有风雨

千百年了

他们始终颔首，微笑，不言不语

内心的痛苦，渗出时光的表面

如皮爆裂，一圈圈拦落

独石仔的烟火味

螺壳？兽骨？灰烬？剔开一层一层泥土
仿佛有烟火味扑面而来
考古的镢头戛然而止，停留在一万年前
仿佛有一片汪洋把我们隔开
我的忧虑就在这里，或许实属多余
就像那些野蕨
一直在蔓延，甚至要包围我们这座城市

龙高山

龙高山，位于南海边，阳西境内，三峰耸立，重峦叠翠，山上常有云雾笼罩，连绵几十里宛若巨龙。

——题记

你从来不自卑。站起来的姿势
波涛蜷曲。一个浪碎了，又一个浪碎了
这个浪已不是那个浪
历史是一页似是而非的考古
嵌在岩石上的贝壳，契合某种命运
隆起，或者沉陷。闪亮的弓痕
抗拒岁月的衰老：我是大海的影子，站在高处
澎湃而去的涛声，沿着你的足迹
寻找那页沉睡的历史
游弋的鱼类，旋转的海风，迷漫的云与雾
亿万年一遇的突然运动，而又突然静止
我是大海的灵魂，生的涌动凝缩于心

你曾在大海下长眠，贝壳如蚊子一样叮进你的血肉

阳光稀缺，寂寞比黑暗还要漫长
龙虾的须，总在撩逗你的气孔
成群结队的鱼类，把你的肌肤当作栖息的港湾
海藻也在生长，波浪的摆动仿佛你的鼻息
水流不止，你蹲着不动

你打了一个趔趄，翻身
某种力量犹如庞大的暗物质，你看不见自己的命运
你以亿万年内敛的蹲坐之功，拱起
龙的脊骨。你高高站起，站成大海的景仰
站成视野里望不尽的连绵起伏
水咬鱼啄的遍体鳞伤孕育了苍郁的风景

谁的脚步惊醒了这一山寂静
谁的惊叹跌落在款款而飞的蝶羽
宁静在喧嚣中诞生，又在喧嚣中死亡
鲜嫩的花折在谁的手上？葳蕤的野蕉林
诉说前生未曾谋面的海浪：哗，哗，哗
白云寺在注释——时光的塌陷

我来了，又走了
你依然蹲着，保持龙的姿势
阳光比海浪更阔大，更明净

张明瑞

张玥瑞，广东省阳春人，1968年7月生，广东省青工作协会员，诗歌作品在《中国文艺家》《鸭绿江》《辽河》《文学百花苑》《南方日报》等报刊发表，并有诗作入选年选本及偶尔获奖，出版诗歌合集《与亲书》。

大树岛

我来的时候，大树岛午休未醒
大海的水面风平浪静，波澜不惊

海鸟凌空飞起，好似流动的云朵
瞬间聚拢又倏地散开，依次掠过礁石、沙滩、峭壁

岛内椰影婆娑，叶片开得野性而妩媚
伸出葱茏的手，做出各种姿势

大树岛的沙滩呵，沙柔软细腻
总在不觉间，亲吻行人的脚尖

在大树岛，风带走所有声源
阳光释放善意，山花朝我微笑

暮春四月，迎迓一座岛的斑斓
我真想独自一人，以谦卑之态成为它永久的一个住客

车过鹅凰嶂

山风，不安分守己地撕扯
左冲右突，却始终无法逃出1337米伟岸身躯的屏障

雨点暂时停下脚，与这旦的树木、草丛达成协议
泊在它们的肩膀上

头顶的乌云，满腹心事
双腿恍如灌了铅，在天空的边缘慢吞吞行走

山峦深处的小鸟，被森林宠幸
在枝头上蹦来跳去，叽叽喳喳唱着歌

山脚下不远处的村庄，房屋歪歪斜斜、七零八落
田垄上的农作物，面黄肌瘦无力抬起头

只是群山嶂峰，依然浓郁葱茏
向这薄凉的大地，喧嚣着不屈的顽强在鼓舞人间

刘志勇

刘志勇，广东罗定人，1985年1月生，作品散见《星星》《星河》《阳江日报》等报刊。现居阳江。

福湖岭看海

海藻占领了刚刚指点过的江山
——两座礁石
我惊叹于眼前的一线生机
一线属于礁石上安营扎寨的海藻
物竞天择　一览众沙
另一线属于礁石间
来回奔袭的海水
它涌上沙滩几次
就在尘世活了几次
站立良久
我没有逾越海水拉起的楚河汉界
它的哗啦声已向我摆明车马
我亦无意越过雷池
我想去的远方
大海之上　海鸟已替我游了一遍
落日跌下山岗
福湖岭又韬了几克夕光来养晦

阳 江 诗 志

　　海水还在奔袭　撤退

　　沙滩上留下一条返乡的路

　　温润如故

请大海替我结案陈词

再次认识大海，认识海陵岛
从北洛秘境的一株植物开始
它历经几世枯荣，几个春秋
迎来多少有缘人，注目或采摘
我不得而知，在沙滩边上
它早已根深蒂固
一心只往深处钻
顺藤摸瓜，一粒花蕾预示我
什么花将会结出什么果

在我到来之前，秋天攥下了大海的物证
椰树还在怀孕，栈道与海岸相依为命
岩边的灯塔注定孑然一身
当结束与老鹰的对峙
除了凝视，还有飞翔的渴望
海浪拍醒礁石
大海的物语并未水落石出
海面上它总是闪烁其词

海浪一次次漫上沙滩

漫没了我昔日留下的不知深浅的脚印

那些被一淘再淘的沙粒　贝壳以及大海的过往

重新回到岸边　物归原主

但覆水岂能再收

譬如寻炮台不遇

炮声已在港湾之外

譬如"南海Ⅰ号"沉睡或醒来

有多少残缺

就有多少的传奇静待打捞

譬如风暴　海事　一则溺亡的新闻

此刻的大海与生命有关

除了浩瀚　静谧　还有痛

想到这些，一朵浪花又涌了上来

漫过我的心头

透过木质栈桥

两座海岛得以握手言欢

招潮蟹继续在洞穴内练习左右逢源的哲学

弹涂鱼在跳跃前暗暗蓄劲

望着另一个世界的出世与入世

我更喜欢眼前的这一片红树林

在潮涨潮退中　驻足　停顿　进退自如

瓶　子

瓶子，女，真名史丽萍，广东阳江人，生于1979年，阳江市诗歌学会理事，阳江市文艺评论家协会理事，诗歌多次在《中国地学诗歌双年选》《阳江日报》《阳江文艺》等刊物发表；诗歌作品入选《阳江现代诗选》《大海的神谕》等诗集。

山底古村

我拨开那一池青莲
山底古村若隐若现
青石巷子回荡的脚步声
来自千年前还是千年后
谁还在推着那沉重的石磨
执着地前行

没人记得，杜鹃花红了几春
柚子熟了几回
那一面饱经岁月沧桑的墙上长满了青苔
几棵藤蔓爬上了屋顶，与风耳语

古道客栈门前的灯笼亮了
仿佛有酒香的夜谁也不曾离开过
仿佛那炊烟又再袅袅升起

注：山底古村在阳江海陵岛。

陈 瑜

陈瑜，女，1979年1月出生，阳江市诗歌学会会员，阳江市作家协会会员，诗歌发表在《阳江日报》《南方日报》等报刊，入选《口国地学诗歌双年选》《诗意阳西》等书。

沙扒月亮湾

此时，再也没有什么比得上
眼前的浩瀚，一江湛蓝
反复临摹着弯腰喝水的椰树
一茬茬的浪花，一半
飞入对岸的歌声
一半跌落空中风干

海水用起伏表达柔情
涌起的汹涌，让坚硬的
石头俯首低眉，漾开的微澜
拂得裙裾的尘埃，无影无踪
硕大的沙滩盛得下所有
脚印的哀愁，残缺的贝壳
映照出星月的辉芒

在旖旎如画的月亮湾
你可以成群结队
踏海逐浪，曲水流觞

也可以独自垂钓山光水影

静听时光的刀斧

雕琢内心的湖山

冯瑞洁

瑞洁，女，出生于1972年7月，阳江市作家协会会员。诗歌、散文发表在《散文诗》《散文诗世界》《中西诗歌》《星河诗丛》《南方日报》《珠江晚报》《阳江日报》《湛江日报》等报刊上。诗歌入选《大海的澎湃》《中国地学诗歌双年选》《岭南诗歌年选》等多个选本。

扒龙船

雨水一群赶着一群
在人们的胸口流成河
鸣蝉唱着昨天的曲调
在纵横交错的河道
扒挠翻动江河的书页

从史册中走来的身影
每一次重现
厚重的岩层就会崩裂
更多的人向微光走来
敲响追寻的战鼓

鼓声，五月的雷霆
江面燃烧纯白的焰火
如果逆水而上能回到故事的开始
就像在时间之流中，脸孔变了
而《离骚》的韵脚依然

南海 I 号

浪涛一路朝拜
至十里银滩作最后一次匍匐
白发扬起，转瞬融入银沙

水晶宫借来大海的子宫
直至你从海水、淤泥中分娩出来
满船舱堆叠的瓷器，万千文物
沉落海底的词语，八百年后
谁能重新填写一阕旧时词

一根鱼脊椎骨变成胸挂
年轻水手有一双灵巧的手
雕刻船上寂寞的时光
煮一把黑胡椒款待咸涩的海风
漂泊的灵魂哪里都是家

捧出金腰带，呈现胭脂色
所有珍宝献给海丝路的册页

冯瑞洁　南海 1 号

像一位老母亲送走所有的孩子
身上累累伤痕，仿若张张模糊的脸
带领我认读久远而寂寥的无名

已然赤身裸体
你沉甸甸的身体
装满了时间

小渔村

村民比太阳勤劳
先于阳光抵达海面
每十二艘舢板首尾相接围成圆
圆外竖起三层渔网
海面冒出一个个圆柱形八卦阵
放置大鼓的小船居于阵中心
他们擂响海妖的歌声
水中生灵循着鼓声
一条条插进紧致的网孔

魔法飘荡在海面,又落在村中
年轻人一个个离去,追逐
城市里虚拟的浪潮
像受蛊惑的鱼族
更大的眩晕铺天盖地

杨计文

杨计文，男，广东阳江市人，1960年生，作品散见《星河》《阳江日报》《蓝鲨》等报刊，多次收入《中国地学诗双年选》《大海的神谕》等选本。广东省作家协会会员，阳江市作家协会副秘书长。

补网的渔民

网目，注视
一帘身影。梭子
飞舞阳光，编织
凝重的表情。打鱼人
心中没有破网，缝补只是缺陷
人生只是一张渔网，网不了
只有潮汐

粗糙不是大手。甘香的每一点
酿造，精致了每一段时光
用来纠缠，大海的馈赠。
如此沉重，用梭子交结
了结一辈子的纯情
竟把自己网进了，漫长的日子

哭 嫁
——一种古老的海洋婚嫁仪式

出嫁在蔚蓝与大红中拉开
吉日礼仪被爆竹点燃响遍亲戚朋友
晚昏的灯烛为一种古老方式发光
一群柔弱的才情
以哭叹的长调伴奏这场庆典

哭得深情成叹
抽泣在灯火炷香的摇曳中
时甜时涩时起时伏
喜与切在夜色中流动
对嫁的置腹理解
一场离别和拥抱

月色下男人接走其女人继续挥泪
慈怀在泪光中惜别一个不会长大开始远行
痛点在转身间发作
心焦已被隆重接到一个陌生的家

情潮在禀告祖先后又一次涨满

头盖里的眼睛辨认外面的色彩

组织心中的音色

努力接近一种亲情

浪花一夜间开遍惊叹

洞房嬉闹中声息

起兴另一种长调

李　梅

李梅，女，原名李梅莲，1973年10月出生，广东阳东人。阳江市诗歌学会、阳江市诗词楹联协会会员，阳东诗社副社长。有作品发表于《诗词》《中国地学诗歌双年选》及本地刊物。

风 筝

风起的时节

院子里的菊香渐浓

被露水打湿的日子

一天比一天多情

温一壶老酒用来思念你

九月的天空，并不寂寞

漠海鼍城

拟一把风情放飞梦想

我想象命运是手中那一根线

一头牵着远方

一头拴着故乡。如果

你能如期而约该多好啊

你做风，我做筝

容　浩

容浩，1979年生，男，广东阳春人，广东省作协会员，作品散见于《星星》《诗刊》《散文诗》等，入选十余种中国年度选本；曾获"全国大专院校散文诗大赛一等奖""苏曼殊文学奖"等奖项；2007年出席全国第七届散文诗笔会，著有诗集《从木头到火焰》。

桑 地

秋天到了

我们在桑地里挖土，施肥

母亲因为疼痛而弯不下腰

我的力量却越来越小

生活如此紧张

恐怕再晚一秒

大地就要被秋天淹没

新昌村的桑地一望无际

被风吹着

像一个人的命运敞开

母亲接过她的一垄，我接过我的一垄

而巨大的秋海

不间断地涌来它的光芒和波浪

想到有一天我离开家乡

就剩下母亲一人

漂在那片绿色的大海里

眼里的秋风，徐徐落下

新昌村的夜晚

宁静的夜，
周遭残虫声寥，事物低微。
大概我像一只
有着蝉那样的薄翅的虫子，
带着呜咽，回到树下。

而天空漆黑。曾经我不懂得那深邃，
那宽阔——
星河如盐粒般散发光芒，
无数次它们在我的内心潜伏。

火车从小镇驶过，
隆隆的声音常常打动少年。
躺在稻草堆上，孤独是所需的快感，
黑暗仿是命运的转角，
似有兄弟留在此处。

现在他的稻子已经脱粒，
静静地堆在月光里。

春 城

十四年前，单车青年十八岁，
像一个青梨，被时光拭擦。
他头发凌乱，穿着白衬衫，
骑破烂的车子，
去了芒果街，
去了青石桥，
去了火车站广场，
绕小城一圈。
他要等到白天落幕，人间点燃烟火。

大马路上，
摩托车像草原上的马群，涌向桥西。
他孤单地转入小路。
他要对那运走命运的火车微笑，
要对江水来一阵子忧郁。

他吹着口哨，
一切都在变快，很多事情

容 浩 春 城

路人不知，青年知。

小城将成故乡，

一个人的故乡，慢慢地成为秘密。

给母亲擦身

时间微微发热。热毛巾擦过，
缓慢的，轻柔的，经过母亲的胳膊、乳房
和布满妊娠纹的腹部。

这是我第一次看到这些皱褶，
岁月的纹路和弯曲。
我在这里诞生，隆起，成为可能，
然而光阴
早已模糊此处曾发生的一切。

我突然想到
一首备受争议的诗：
《澜沧江在云南兰坪县境内的三十三条支流》
那大地的蛛网，人世的长河。

我想到这医院、这世界，多少人
都囫囵地活着，
何曾计算过自己的出生地里，
那些为你而存在的沟壑，或河流。

谭夏阳

谭夏阳，1979年10月生，广东阳江人，现居广州。诗文散见于《读库》《山花》《作品》《中西诗歌》《星星》《诗选刊》《诗歌月刊》《中国诗歌》《诗建设》《飞地》等。著有诗集《云的契约》《云图手册》，文化专著《李白来到旧金山：中国古诗的异域新生》《发明中国诗：汉诗传播的异域回响》。

逝水与流年（组诗）

落地生根

一种药草植物：易见，盎然
从《赤脚医生手册》里抽出它的
根、茎、叶和花果，仿佛
四季的轮回一并保存在书页间。
我们在墙头屋角甚至瓦楞上
看到它的身影——
太常见了，以致我们忽略了
它的美和存在，而它
像钻出地底的精灵，倾心于繁殖：
从叶片边缘分裂出更多的
小叶崽，并长出乳白根须，一落地
便植入泥土，独自生长——
这，就是名字的由来。
"滥生的不死鸟！"爷爷竟会比喻
超强生命力里，肯定蕴含了
某些神奇的密码——

采摘它的叶子，剁碎，敷于

脓疮或发炎的伤口上

翌日便拔毒生肌，屡试不爽。

除了落地生根，爷爷的园子里还种有

路边青、艾叶草、野薄荷、金银花……

在民间，中草药就是一门

生存哲学，充满了粗野、廉价和

简单实效的智慧——

小时候爷爷将我们撒播于田埂、野地

与牛羊、鹅鸭放养在一起

"穷孩子粗生粗养，在任何地方

都可以扎下根来……"

作为异姓外来户，爷爷倔强、低调

执着于土地认同和命运流转

像极了那棵毫不起眼的落地生根

临终时，他嘱咐我们——

埋我在土地，但你们的家不在这里

而在城市，在天涯，去吧

到那儿去落地生根，开枝散叶……

将爷爷的心愿带往都市

种在异乡阳台，我第一次看见它

开出灯笼般的花朵。

海上日落

她陷在龙眼树浓重的阴影里
海风于午后吹来——
带着腥咸的潮气，还有
世事的纷杂与炎凉
一缕缕地，拂动她的银发，抚遍她
皱褶重重的面庞
直至海风抽走体内的精气和
光阴：曾经饱满的灵魂
如今只剩下盐巴及一堆枯枝败叶。
海在一里之外喘息。
事实上，自祖父离世之后
她就再也没见过大海
尽管近在咫尺，海在她逐渐失聪的
耳膜，制造遥远的轰响。
她变得孤独和悲苦，常常
陷于往昔，在龙眼树下流泪、发呆
她将所有记忆处理成
蚀刻照片：凹陷的黑白线条
仿若苦难的伤痕。
当然也有快乐的过往，保存在

大脑硬盘的某个角落，而遗忘
正努力扩大其统治的扇区。
哦，太老了，以致她
害怕自己被永久遗弃于人世
成为不死的活佛。
可以预见的衰败，不外乎
倒退的世事以及时间螺旋的叠加
她需要拐杖、轮椅和
亲人的慰藉——
她的长孙成了她最大的依靠
在瓢盆交碰的风波里
维护着她的倔强与一丝尊严。
长孙是个游子，长年在外
从海上归来那天，他见到了久违的
一场海上日落——
红日将海天熔于一炉
晚霞铺张地泼彩
仿佛时间被蒸腾、挥发，最终
淬炼出金色的年华？
他见她时还容光焕发，脸上沾染了
天边的飞霞，可惜
此后的生命之力从内部坍缩——
他意识到那次海上
日落，是一场盛大而华美的葬仪。

方水池

希尼在诗中写到了亚麻池
童年的自然主义者
如何被扼杀在布满蛙鸣的池水中。
我的童年与亚麻无关
用来沤肥的长方形水池，十平方米
大小，深约一米，散落在
田野和地堂之间的高地上，盛满
荒芜记忆和野生时间。
像一只被凿穿的木舟，搁浅于荒野
池底野草蔓长，几乎淹没了
同样被弃置的石碌。
雨后夏夜，水池里的牛蛙
叫声比一头牛还要大："空气中回荡着
密集的低音合唱。"（希尼语）
我们在池边奔跑，在池中跳跃，在不远处的
荆棘丛里捕捉金龟子——
这野蛮的生长，封闭、自由、快乐
我们当然无法想象，多年以后
那秃顶的中年，郁闷而焦虑，彻底丧失了
对星辰和大海的兴致。

而我通常是一个人穿过黄昏

带着自制的天文望远镜来到这里

观测星星——水池和石碌

构成一个四陷于大地的天文台。

那时晚风清凉，星光嘈杂

周遭的田野和远山围着泡子在"咔咔"地

旋动，处身于旷野中心

我突然感到一阵幸福的颤栗

十亿光年之外的星星蜂拥而至

仿佛疯狂繁殖的果蝇

而随之升起的，除了无垠的孤独

还有一种难以驾驭的神秘

穿过水池的底部

越过云团、雷电和遥远的星系，最终

抵达秩序中的永恒——

他们捣毁了那些水泡，而我固执地重建

这座私人遗址，在一首诗中。

石　碌

像一只被用旧了的词语

堆在某个角落，让人无从想起

它原先的意义——这是磨损的见证？

但时间来不及将它降解

甚至，连雨水一遍又一遍的清洗

都无法将它岩石的脸孔还原。

它有重力的笨拙，还有

旋转的执拗（类似于历史的车轮？）

难以置信的，不是如何去移动它

而是如何去制造它——

这新石器时代的柱形辘轳

如此光滑，又如此

大费周章，如同三星堆里出土的

方向盘，代表着文明的轨迹

抑或进化的用力过度？

如果将它复原，那就与水牛在一起吧

对的，你想到了犁耙

还有禾叉，那些闪亮的工具，只不过

它隆隆地滚动于脱谷场——

犹如蒙眼的毛驴

一圈圈地绕着磨盘转动。

被我们称为"地堂"的脱谷场，是一个

圆形装置，像极了

大地之上的射电望远镜

在村庄和田野之间，监察着

月亮的升起与沉降——

"月光光，照地堂，虾仔你

乖乖瞓落床……”
多少美好消融于记忆里！
当我们将地堂一个个砸毁
并非出于革命的热血
而是屈从于时间的效率，机械的
盈收，最终贫穷
抛弃了我们拥有的矿脉。
但我们仍保留着石碌，并由此开设了
修行课，正如西西弗斯
每天的功课就是推动着石碌——
滚过大地和天空。

水　塔

它仍矗立在海边高地上，那里
是盐场生活区。几条长腿
有力地扛起一只鼎的巍峨与庄严
又如一座漏光燃料的
发射塔，空有一身水意和
由高度造成的压力差
往我们日渐匮乏的话题里
输送源源谈资——
20世纪60年代大海啸发生时

阳 江 诗 志

沸腾的海水涌上堤岸
除了水塔，没有什么高出
这场灭顶之灾
一位退休的老盐工爬上塔顶
从海流中打捞出两名溺水的女孩
那时暴雨如注，天地间
仿佛置身于蒸腾的锅炉之中
为了躲避风雨
他们藏身在水塔斜起的背风面
而脚底，就是汹涌、咆哮的海水
——水塔摇曳成孤岛。
漫长的忍耐，伴随着饥饿、寒冻、
惊恐，还有绝望……
三天过后，洪水退去
历劫水塔，由此晋身为七级浮屠
在众人的仰视中不断升高
那位救人的老盐工是我的祖父
如今已逝去多年
附着于塔身的那些道德金粉
早就随风飘散——
只有水塔还立在原地，像一个时代
风干的标本，遗忘在人们
偶尔抬起的视线里。

野蓖麻

那天黄昏，我躲到了
野蓖麻树下。
那里曾经是孩子们的天堂
广播天线通过连接板的枝丫而增强了
信号：歌声里，有一棵橄榄树
和一个电波中的远方。
那时候，我的远方在哪里？
我当然无从知道。
我还是个孩子
刚偷了同桌的文具——
一支烫金钢笔，通体透蓝，形成
致命而闪光的诱惑
我把它埋在野蓖麻树下。
作为一个秘密，它发育成一棵
羞答答的野蓖麻——
掌形叶片，遮挡着阳光的直射
铜锤状果实，浑身右满了刺
如同坚固的防御工事
我能抵御时间的拷问吗？
我只想逃到远方去，但远方

就是那个橄榄树的远方？
当我打开成熟的果实，我被那个
画面惊呆了：蓖麻种子
那光滑的大理石般的纹理中
竟藏着一幅微缩的航海图——
啊，蓝色的远方！
多年以后，当我涉水返回故乡
我早已不再小偷小摸
但岁月却无声偷走了远方的诱惑
还有当初的那棵野蓖麻。

项 劲

项劲（笔名肖七），男，1971年3月生，广东阳江人，系广东省戏剧曲艺家协会会员、广东省作家协会会员。阳江市诗歌学会副会长。从1988年开始至今，在各级报刊发表作品约60万字，出版个人散文随笔集《笔底声色》。

怀念父亲

夏天永远过去了 父亲
我无法说出
与秋相关的一些事物：
旷野 月光 菊花 ——

旷野使我沉默
月光使我安静
菊花使我无法言说呵
父亲 我无法言说
我的忧伤
我布满旷野月光一般的
忧伤。还有菊花
人世间最寂寞的花儿
它悄然开放 仿佛
一开始 就走向
那片安静

风从哪儿吹过来

我张开双手，随它
轻轻拂过　就像
感受您慈祥的打量
打量我日渐消瘦的脸庞

可是父亲，我是否曾经
离开过你
这里让我如此陌生
哪怕给我一点暗喻
都不至于
在寂静中　迷途
它比远方还要远么
在我身旁
还是　身后

清明·扫墓

风从哪个方向吹来
匆匆响起了马蹄
时间把道路送到远方

旷野浮动，草木葱郁
一个人的下午如此孤独
远方有多远，你就有多远

这是一个怀念的日子
适合点烟，烧烛
再倒满三杯老酒

适合让你禅坐而起
翘首望望家的方向
里面温暖，是否一如从前

父亲，我想听听你的声音
听听你大声喊我的名字

惊落的云彩一滴一滴

父亲，我看着一只蜻蜓
它向南，向北，向着天穹
它平静隐入你的墓碑

它惊起被风遗落的叶子
眼前遥不可及
好多星星，在原野盛开

父亲，你的地方可像这里
每到春天，黄花茂放
也有烟雾迷蒙低垂的眼帘？

日记一则

三年以后，今天天气开朗却未能转晴
一场夜雨过去，阳光早早拉开
理想雅苑十二楼的窗帘
见证我早早婉谢了一位朋友的好意
趁着节日的热情，他在自己的酒店
预留了房间，想让我孝顺得从容一些
可是我知道，你更喜欢在家里张罗
依照习惯，这必定是一次开心的晚餐
大家坐满一桌，将每个祝福斟满

我赶在局部有雨之前去行市场
东源海鲜档的肥妹今天自信爆棚
她怎会知晓你喜欢吃盐插虾？
老实说，她的建议发自肺腑
而我心虚得有点慌张
眼见她伸长着高傲的脖子
为昂贵价格找到了淡定的理由
重庆的女人菜摊上送我一把紫苏

刚好模仿你的手势炆半只鸭子
有了鸭，鹅就不炊了吧
煎鸡尾，酿豆腐，梅乳炒通菜
百合生滚金古立适合酒后润润喉肺
秘制香酥排骨与菠萝牛刁
那可是你心爱的小孙女的心爱……

我大手大脚，轻车熟路
想象你面带笑容接过菜篮
一边轻声责备太过破费
一边掩饰不住内心的雀跃
挽好袖子就开始忙活
可我已做好打算，从即日起
包揽买菜煮饭洗碗执碟
三年勤奋实践，如今我厨艺精进
你上午打拳回来完全可以安下心来
看看存了那么多的武侠小说
白日里再做一个江湖美梦
遗憾的是，我从未为你真正煮过一餐
每次想起，都懊悔无比坐立不安
我已做好打算，就想换你一次现场表扬
你是四十年教龄的老师
定然不会吝啬这点小小的鼓励

妈妈，我到家了。

姐姐怎么不在？

大哥路上塞车吗？

没事，其实我一人也搞得掂

摆个大桌子能有多难？

做七八个菜能有多难？

如今我厨艺精进，菜式自成一家

已不喜欢有人指手画脚

你就安坐那里，先看看抗日神剧

你的女儿不在，先叫我的女儿捶捶老背

她下午才给自己的母亲表演完钢琴

指端还留存着爱的温度

就让她，再替我送上一份礼物

哦，姐姐来电话了——

她叮嘱我别忘了上香

她说在中山陪着闺蜜

吃着那边的美食不能赶回

千万记得帮她也帮大哥多上一炷香

好啦我说知道啦

我在做饭呢我什么都知道

我知道他们为什么都没有回来

我知道你的喜好，知道你的口味

知道你在一次幸福的家宴上

会为每个人都准备点什么

我只是不明白

你当初怎会选择在这一天出走远行

是要我永远记住一个日子呢

还是坚信，你从未离去

晚安，妈妈

节日快乐！

曾昭强

曾昭强，男，1976年4月生，网名砂子、鸣砂火，阳江市作协会员。有诗作入选《寂静的修辞—阳江现代诗歌11家》《阳江现代诗选》《大海的神谕》《大海的澎湃——北部湾城市群诗选》《中国地学诗歌双年选》《百年新汉诗典藏》等。

一粒喜糖

姐，姐夫今日终于再婚了
在他再婚的晚宴上
我不能不想起你……
父母他俩还好，只是不肯来
在我出门那瞬间
母亲的眼眶湿了
我一家三口和爷爷来了
还有你的儿子
与你分开应有六年了
已十岁，懂了一些事
你的大弟，我问过他
开始时，他沉默无语
后说加班，不能来……
我算了下，我们出席的人
共五个。而一席台要十个人
当有外人想加入我们的台时
姐夫不肯，大手一拨，坚定地说：
这一席不能加，由他们五个！

阳 江 诗 志

说真的，当时我眼湿了……
在他们沸腾的喧闹中，我慢慢地，呷上了一口雪碧
犹如呷下一些心事，然后
从台上拿起一粒喜糖
打开，入嘴，细化……
一会儿后，音乐响了
姐夫和他的新娘开始入场
这时，我的眼睛凝滞在
那张从山东省生产出来的喜糖纸上……

姐，他俩开始戴戒指了
就让我们默默地为他们祝福吧
你在天堂。我在人间

故乡，今夜你如何安睡

窗外，雷电交加
倾盆的大雨
是否也泻在百里之外的故乡身上？

我的想象和精力
在今夜已无法顾及
那些亲人和那条
已被飓风撕开一千米长的海堤

海堤是故乡与海相守相望的承诺
但昨夜，飓风已将它摧毁
被煽动的海水迅速把故乡包围
在今夜，在这场大雨中
他们又将如何安睡?!

我忧虑地听着，想着，看着
在一旁熟睡的儿子
他刚睡时那几声痛苦的咳嗽

阳 江 诗 志

烙在他起伏不平又极单薄的背脊上
我伸过手，试图抹平它！
谁知一抹，抹到一身湿漉漉的汗
淡淡的，几乎没了盐味……
沉重紧握毛巾
——这多像一条长的厚的海堤呵
轻轻的，轻轻的，把它压在
故乡那撕裂又揪心的伤口上

注：2008年9月24日零时，超级飓风"黑格比"横过我市，海陵大堤、
溪头海堤等堤围被毁。天亮时，故乡来电，告知海堤被摧毁，房屋被
浸，所幸无人伤亡。2008年9月25日夜又逢暴雨，有感作此诗。

田　夫

田夫，本名张蔓军，广东阳江人，出生于1972年12月，阳江市作家协会理事，阳江市诗歌学会理事。作品散见《诗刊》《南方日报》《辽宁日报》《广东文坛报》《阳江日报》《河源日报》等报刊及国内十余部诗歌选本，2020年合著出版《新性灵主义诗选》。

五月的黄什河

我所爱的五月

与黄什河两岸遍布的村庄、田野相关

飞鸟从散发蜜味的果实旁边掠过

翠竹、糯禾、露兜树、艾草、菖蒲

在风中和河水互致回声

黄什河水摇晃一下，就晃到了

我的童年：

端午的龙舟鼓点准时敲响

沿岸叫卖的、说书的、唱山歌的

紧跟鼓点的节奏，眼眸里

有着河面明亮的泛光

乡愁被五月的炊烟囚困

当初的落脚之地

一些见过的人渐次离散

一些未见过的人渐次走来

如眼前起起落落的潮水

河湾拐角处

盛开的凤凰花

点燃了沉入河床的火焰

照耀：

那群抱着河流舞蹈的人民

在五月的潮音中

穿越一河亘古的传说

母亲，枕着田野安然睡去

这片田野似有一种牵引
将周围的事物带入其中
我不由自主地来到这里
黄昏的影子也尾随而来
皱成野山塘微弱的水波
母亲曾在这里捉鱼捉虾
用来救济家里生活的窘迫
和医治我童年的营养不良
又是山花怒放的季节
但我看不见夜色中的山花
只闻到它的幽香
身边，昆虫们叫声焦灼
而青蛙们叫声潮湿
正如我内心的忐忑
夜色卸下白天的伪装
一切回归真实和坦荡
"一条虫有一张叶泊！"
母亲常说的这句话

鼓舞着我对生活的热爱和信赖

仿佛她正在山花丛中

注视着我踽踽而行的身影

我告诉母亲

院子里的龙眼树又挂果了

菜园的蔬菜长得绿油油的……

在母亲躺着的地方

我看见，天空中

弦月西垂，星光闪烁

抚慰母亲枕着田野安然睡去

这不是一道虚设的门

龙高山下人家

一张大茶台正对着院子入口

敞开了主人明亮的态度

旁边，那道

三面无墙的侧门

引起一个有趣的话题：

（这是不是一道虚设的门？）

它的存在，似乎无关风水

也关不住：

山色、清秋、炊烟和绰绰人影

对这道门的思考，也是从侧面开始的

它不可能直接告诉你答案

我们所在，必然

有一个空间，任我们信马由缰

推进一些联想或联系

"敞开即是自由！"

它是立体、多维的

似乎隐喻一座山

它的内涵就在侧门背后
想到这里，我微微一笑
手中已握着走进这座山的钥匙

冯 利

冯利，广东阳江人，生于1958年6月。1984年创办阳江紫微诗社，2006年加入阳江市诗歌学会。诗作发表于《蓝鲨》《阳江日报》等报刊。

南门街门南

蓬喜十多岁的时候
南门街门南
是婀娜的小河
一条青竹蛇
游动在人生的窗外
阳光灿烂

后来太阳暗淡了
电灯亮着
其中霓虹灯特别谄媚
簇拥着的大群商店
扛着南门街
在欲望的广场巡游

婀娜的小河
被覆盖了
那些水泥板的身上
长满了地摊和小商棚

守业的男女

装着猫头鹰的巨眼

窥伺一切行人的鼠影

南门街门南

二妹的大排档

收银台靠着她的上半身

紧皱的眉头和酸缩的鼻翼

抗拒着锅气

以及水泥板的下面

清清河水变黑的秘密

…………

现在的蓬喜

无法确知他的年龄

他早就搬离

遗落故乡的债

我欠下这一切

欠下看过的树叶儿的绿

草枝打过脚丫的触觉

霓虹在街灯的转角所叠加的色彩

还有堂姐缺失门牙的笑

我还欠下筷子捞起的味觉

酒杯水晶的边沿碰响的心情

杏仁茶羞涩的轻唤

我欠下了不知道如何偿还的惆怅

我每次离开都欠下这些

我无法准确描述吹过的风

无法描述漫天的雨水

我还常常写不出对于海浪的爱

写不出海水所承载的内涵

包括海浪所卷起的重量

我因此未曾在家乡的面前签过一张欠条

我还毫无所谓地捡走海滩上的贝壳

阳 江 诗 志

我不知道海浪曾抱着她走了多远
还带走数不清的海沙
我裸露的脚踝镶满了她的闪光

我仍然欠着那些我无法描述的细节
我在雨中撑伞
在阳光下斜戴着帽
我想向一首诗倾诉
却始终无法拨通诗的号码

罗德任

罗德任，男，1971年5月生。阳江市诗歌学会员、阳江市作家协会会员、广东省作家协会残美分会会员。有诗歌发表于报刊及获奖，入选《中国地学诗歌双年选》（2013—2014）、《山境》《花开无声》等书。

兰

很多年以前认识个女孩叫兰

我也仅仅记得她叫兰

姓什么已是一张白纸

白得纯洁

纯洁不单单是记忆或肤色

只记得曾在城南开过蕙兰发室

只记得她那深情的眼神

只清楚记得她说过

兰非花，我是我

还有她走路一拐一拐的姿势

兰

消失在滚滚人流中

我在千里之外

日　子

穿过街市

穿过卖鱼的摊档

我身上忽然沾上腥味

铜臭的腥味

如鱼得水的惊喜

焦头烂额的惊慌

节奏慌乱一团

生活总是错位站在一起

我俯下身

捡拾岁月的清单

穿过日子的漫长

档主守着最后几条鱼

此刻无语

聆听街市的急促脚步声

焦急的心无处安放

一条胡同伸向日子的远方

阳 江 诗 志

没有水
我是生活里的鱼
被日子翻来覆去

渔丈人

卢荣存，笔名渔丈人，男，1968年生。作品刊于《南方日报》《羊城晚报》《蓝鲨》等报刊，曾在省市各类诗歌、征文比赛中获得奖项。出版过个人文论专著《写作点亮人生》。现为阳江市作家协会理事。

饭 后

又是饱饭后湖边散步
抬头看天晚霞星光明月
都很好心甚欣慰

抬头看天是我用半生柴米油盐
喂养大的习惯不为自己
我的父母妻儿亦安好
如果万物生长都高于尊严
我可以很低低于泥土

我们都生活在这平凡的人间
饮马劈柴与人为善
乐于以一根火柴读取春天的温暖
青睐明眸皓齿的姑娘
偶尔喝点小酒
日子匆匆脚下的路需要时刻留心
抬头看天实在是人生的一种奢侈
我庆幸自己还能扬起头颅

也许一朵花的忧伤真的无关紧要

我们只要每晚饭后散步

晚霞星光明月都很好

我们很好

对于爱　我们不比一颗海螺

很多时候
我们认为
彼此为对方做得已足够
其实，对于爱
我们不比一颗海螺

螺的一生
都爱着海
小小的身躯
里面是爱的汪洋

从不浮到海的表面
只在海的深处
默默地
祷祝

爱太艰难
它扭曲了全身

纵然生命终结

埋于淤泥

冲上堤岸

内心塞满沙

长满草

放到鼻边

仍是海的味道

林改兰

林改兰，生于1982年9月，广东阳春人，广东省作家协会会员，作品散见于《草堂》《当代诗人》《火花》《四川诗歌》《中西诗歌》《延河》等报刊。有作品入选《中国年度好诗三百首》《中国地学诗歌双年选》《岭南百年散文诗选》等选本，已出版个人诗集《斑驳的时光》《真实与荒诞》。

老　屋

窄小的四方窗口闯进一栏光
往事纷纷扬扬无法落定
更大的黑暗被门闩锁住
莫可名状的心事

青砖色泽依然鲜艳
执着的固守
触摸雕花
百年的忧伤从指尖飘落
曾静默地以美丽的姿态守候
终有人叩响门扉
门闩已坏
屋内早已沧海桑田

林　派

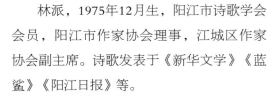

林派，1975年12月生，阳江市诗歌学会会员，阳江市作家协会理事，江城区作家协会副主席。诗歌发表于《新华文学》《蓝鲨》《阳江日报》等。

消逝的海

这是一片海，一片大海
铺着夕阳红的每一个泥洄里
有着蹦跳的晚餐
拿着棍子的哥哥
追赶快乐的童年

爸爸常眺望大海
眼里掠过帆影绰绰
嘴边浅笑荡漾
在大船上神气地撒下大网
在他梦里徘徊翻滚了一辈子

我捡到一个漂流瓶
一张静静的白纸
写着不懂的文字
还在盘旋跳跃
因何事
你不甘沉寂于海底

今天
蛮横的婆壳岭大堤
斩断了波涛
海已死
伤口长出了疯长的野草
还用鲜花掩盖屠杀的痕迹

习惯了在麻漾桥下高歌的浪花
魂魄藏匿在萋萋野草根下
看一样的日起日落
只是你的歌声己喑哑
生命终将像荒芜的渡口

海死了
爸爸也死了
还要多少米？
连记忆也完全死亡

卢晓莲

卢晓莲，1977年生，广东阳西县人，作品发于《剑南文学》《安徽文学》《关雎爱情诗》《黄河口晚报》《北方诗刊》《阳江日报》《南方日报》《蓝鲨》等刊物。

空椅子

老家老屋，有两把空椅子
空着十多年了。每次回来
总坐那发呆一会

我坐着一把，用手摸着
另一把空椅，似当年
母亲坐着一把，用手一次一次的
摸着旁边空椅子一样

说着：你爸说出去六七天
就回来陪我坐这看电视
而我，和椅子都等了六七年了
你爸还未见回来

现在，我越来越少回去了
似乎回去，只为到老屋
坐坐那把等了太久，也不见
爸爸回来坐的空椅子，再摸摸
另一把，也空下来的椅子

林　枢

林枢，男，出生1962年11月，广东阳江人。有诗歌在《星河》《阳江日报》等报刊发表。

沙扒盐田

试图在岁月深处打捞出一块匾
打捞一夜一夜的旧月光
路过盐仓柴门紧闭
关住昨天发黄的日子
石砌的墙，盐腌制过的红瓷砖
都沉进记忆里。铺开一幅辽阔画卷
滴水的画面，浮现出一道道制盐工序
潮生的海水，储进大水塘
白沙滤过成了饱和卤，在日光下浓缩
又在夜色里结晶成盐。想当年
二十多条生产线，二十多个盐仓
清晨收盐的繁忙，晚上担盐回仓的热闹
在朝夕霞光里，那些忙碌的身影
成了昨天的画，今天的诗
历史和时间收藏起了这一幅动感画面
如今望眼地方，浮生出岁月的荒芜
水车声远去了。风车声远去了
晨曦中听不见收盐人欢歌笑语

暮色里看不见挑盐人弯曲的背脊

只有夏日的风，依然在盐仓回廊里穿来往去

深情叙说着沙扒盐田的前世今生

瓷片厂

青砖红瓦房子，一排排端坐在雨水中
旧木门和破木窗，关不住风雨留不住了岁月
我眼中有一千个日子在这里伸缩成饥饿与劳累
伸缩成黑夜与白天
牛踩踏过的黄泥，收垄成坚硬的土团
再放进模坯里，制成瓷片
炭火让它们变成肝红，敲响出钢的声音
成为盐田的底色和风景
多少人的青春在这里沉淀成记忆
当我在午后风中伸开手掌
掌纹间横流的雨水
刷不去泥黄的颜色。我愧疚笔尖的文字
炼不出瓷片的硬度，抒写那一段刻骨艰难
虫蛇爬咬过的草，依然疯长在夏天雨水间
炭火与瓷片裂变的脆响
渐远在小路尽头。我回头怅望
仿佛听见一曲笛声，在深夜销魂

去福湖寻找一个乳名

我有一个乳名丢失在陌生之地
前世的人叫着叫着就睡了
看看海。多么的厚度
看看卧在海边的石头。多么的安详
千万年的日子它们只听海的声音
我触碰到的只是灵魂
时间游走得太慢，我追逐一群鱼到海里
在水的深处，黄昏织成一幅网
我在岸上。枯坐百年
它们说我是一个看海的新人
我对着水深的夜。总想不起我曾经的乳名
是不是被风呼叫得太远，太真诚切意
所有的肤色，换成了水彩
我是石头又在石头中寻找石头
我是海水又在海水中寻找海水
我确认了一个与我相逢的名字
隔着今生又多么遥远

注：福湖是广东阳西上洋镇海达渔村。

青洲岛

海上。它端坐在水天之间

身子穿着蓝衣。想象它成什么都行

头颅多半探出水面显露忧郁

这样与我神态相似，像我的亲人

那些破船被风遗弃石礁上

骨骼狰狞。记录了海是个难产的妇人

听风的海鸟成群坠入黄昏空茫里

孤独了带着桨声的渔火

岛上的秋天，所有树杈变成了客房

租居着北来的候鸟

好客的风安抚着白花花的浪

海就那么深情地拥抱了秋天

温柔一匹一匹的水蓝

落日和霞飞相拥成一座梦幻的城

我眼遥望远方。空旷而孤独

石礁上我影子被石礁雕塑成看海的灯塔

两只翅膀。一只受伤之后依然做出欲飞的构架

一只完整得像一根钉桩

林　枢　青洲岛

楔入大地深处
撑起命运的山
海一样吞服人间重重叠叠的苦
相信我倒下去。会成为流水
奔腾我血液，向远方

岸上。我打坐一片叶子
秋天和树站立那么久
斑驳了流年
缺少淡水的花，开开合合。欢送一茬一茬好日子
暮色在冬天里又长一岁
我白发发白。成霜。落尽秋华
有人在时间夹缝里彻夜失眠
归航的帆影。星光下设宴
他们打算喝光海水醉上千年
与石礁合二为一
岁月的波澜磕碰出一朵瘦小渔火
一朵隔海相望的乡愁

　　注：青洲岛，在广东阳西沙扒镇。

阳 江 诗 志

附录

索引

孤独

木棉树的枝条伸入天宇，没有叶的陪伴、花的喝彩，只有光秃秃的头颅在冷风中眺望，等待一团烈火的燃烧。（黄赤影）

明亮

这是清晨划过树梢的鸟鸣，振落草叶上的露珠。夏天刚打开扉页，五月的麦芒，闪着期待的光。一把镰刀，在墙上眺望。那被一双起茧大手紧紧攥着的，是不为人知的喜悦。（陈计会）

荒芜

乡村学校，最后一棵马尾草，死了。青苔啃掉了乒乓球台、操场、教室。枯藤缠满窗棂、旗杆。我路过校门口，欲伸脚进去，蟋蟀蛙鸣起伏，逼我撕裂。（黄远清）

辽阔

笼中的鸟在隐蔽的枝叶间鸟叫，那声音带着念想穿过无边的湖面和内心的旷野，传递给夜里独行的远行者。（黄赤影）

遥远

需要更多的蓝唤起感官。久远的记忆，在一期期《蓝鲨》中：依凭于直觉写出的诗歌，又回到直觉中。在我生命的蓝中，写下那么多静寂之声。诗歌是如此无用而无畏，像蓝鲨在海中吞吐着蓝色的幻影。而我常常庆幸：每次，我都是觉醒于无用之物。在湛蓝的感官里，所有记念震颤而愉悦：记忆的遥远即是此刻的亲切，我终于感知，诗歌本身是游吟的蓝鲨。（陈世迪）

沉重

地球不可承受之重，乃是深藏在人类体内的邪恶。（曾昭强）

美好

丽日下的人潮，万家灯火流泻的光影，月涌大江的奔腾不息。刷洗过古今的流水，浸透着刀锋的光泽。有人在唱天苍苍，有人在跳飞天。月下，影子如水草荡漾，树叶吹动春风。在最低处，有粼粼的星火，生出暖意。（冯瑞洁）

清澈

小女孩水灵的眼睛有一潭见底的湖水，不管是游鱼、水草、鹅卵石，还是丑恶与阴谋，在她的眼里看到的都是一个无尘的世界。（黄赤影）

温暖

人到中年，恍惚愈深，梦里更加迷离。醒来后，人却不知在何处……幸好，有一只胖墩墩的小手，轻轻把我引回人间。（曾昭强）

潮湿

回南天，制造着湿漉漉的静默：潮气，水雾，水珠，连缀着世界的幻象。我在一册《星星》感觉湿润的诗心？墙壁，渗出泪水般的记忆。天花板，悬着一颗颗欲坠的水珠。落地镜，映现幽暗的水雾，唯有寂静的微光，复制着来自风的濡湿。放下手中《星星》，在镜中的水汽间写下一个"梦"，我很快消弭于镜面横竖的笔画中，另一个我从梦的深处走来；动动眼睫，更多的我从撇捺中隐隐闪现。噢，潮润的幽径，缔造着无限的我和我的无限。（陈世迪）

幽深

小巷尽头，或你的眼窝里，时间独坐。整个下午，你都在等一场雨，它来与不来，你无法控制。山河冷落，四野无人。在闪电劈开黑暗的瞬间，你洞见了归途。（陈计会）

苍茫

窗外月亮隐藏于雾里，星星收起脸庞。静谧的田野，想象一匹马从黑夜中，从大地的尽头向我奔跑而来，扬起的尘土落在发黄的纸上。（黄赤影）

深邃

眼睛给你的，全部的蓝，在海里的天空，在天空之上的海。在你的凝视和呼吸之中。你来过，滑进了季节的深渊，藏在我写的诗里。在没有你的湖边，闭上眼睛。看湖水的无穷尽，看你留在湖中的眼眸。“再养一只高傲的鲸吧，游荡在自己的海域”。（冯瑞洁）

寂静

在两响闷雷之间，留下大片空白。凝固的空气，闪电勾勒出黑夜的曲线。思维停止之处，顿悟诞生——一首诗凌空而出！（陈计会）

艰难

“艰辛的独白亦是一种鸟鸣”，阅读一行诗时，红鹎鸟在窗外啼叫。手中《草叶集》隐隐传来神秘之声，回应着暮春的鸟啭。侧耳倾听，《草叶集》的声音，细密，舒缓，深沉，汇聚着一支支草叶的吟唱？这行吟的斑斓来自我身上的幽静以及意志的顿悟？“今天我可以是任何事物”，把更多清贫时刻吟成诗歌，我就拥有盛大的鸟鸣。（陈世迪）

饱满

黑云压城。它们铆足了劲，把身子压低再压低，逼视路人。他们惊恐，但继续赶路。一道雷电，云里所有浓墨都泼下来。一惊醒，才发现，所有去路都被浓墨封锁。（曾昭强）

葱茏

相对于佳木芊菉、稻浪千里，炸酱草抖动三片羽翼，悄悄地降落。匍匐在花盆里，开出小黄花来。阳光从屋檐漏下来，绿色撑破了衣裳，飘进窗台，浸染锅里豆豉的馨香。在氤氲的烟火里摇晃，如小小的酢浆草，我和你，仰着头，承接生活缝隙中的苦和甜。（冯瑞洁）

卑微

蝼蚁在泥泞路上攀爬，苟活。一颗砾石坍塌，觅食的蝼蚁，惊魂四散。尔后，又一群蝼蚁推石上山。（黄远清）

空旷

那是我一切的自由之身啊！无根萍放下了寻根欲望。草履虫可以自己独活了，酢浆草在春天疯狂做爱。独叶草、满天星各自安放，风过原野，万物安静。（黄远清）

蔚蓝

冰川之湖里的露珠，带着干净的灵魂上路。针叶林中，苍鹰盘旋尖叫，山狼闻讯而至。喜马拉雅山的积雪，轰然崩落。我不停向上仰望。头顶疑团散去，我的神来之水在天，澄明透彻。（黄远清）

葳蕤

看新一期《蓝鲨》封面，红叶繁密而丰美，仿佛隐匿更多幻象。如果想象那是一片丰饶的海，涌动的何止是浩大的风声？一条蓝鲨从封面跳起，在半空中翻动深蓝色的幻影，然后二条，三条，更多蓝鲨扇动着海浪的气息，跃动，轰鸣，闪耀……我亦是其中漫游者？我还未来得及遐想，那么多蓝鲨，像蓊郁的事物，又一下子涌进《阳江诗志》中。（陈世迪）